KB097317

지은이

저마다 다른 이유로 책의 매력에 빠져 책을 만들고 팔고 알리는
사람들. 오직 한 사람의 독자를 생각하며 단어 하나하나를 고르고
아름다운 형태를 부여해 책을 만드는 사람, 종이에 인쇄하고
제본하여 책에 물성을 부여하는 사람, 유통 과정을 거쳐 서점에서
책을 소개하고 판매하는 사람 그리고 세상 밖에 나온 책에 관해
이야기하는 사람까지. 이 책을 기획한 산린샤 출판사의 나카오카
유스케, 편집하는 시마다 준이치로, 디자인하는 야하기 다몬,
교정하는 무타 사토코, 인쇄하는 후지와라 다카미치, 제본하는
가사이 루미코, 총판의 가와히토 야스유키, 영업하는 하시모토
료지, 책방 하는 구레 료타와 미타 슈헤이, 비평하는 와카마쓰
에이스케가 독자에게 한 권의 책을 전하는 의미를 오래 궁리하여
완성한 것이 이 책이다.

옮긴이 김단비

중앙대학교 일어일문학과를 졸업하고, 부산대학교 대학원
일어일문학과에서 석사 학위를 받았다.
현재 전문번역가로 활동하며 일본의 다양한 문학작품과
문화 에세이를 한국에 소개하고 있다. 옮긴 책으로 『파노라마섬
기담/인간 의자』, 『달의 얼굴』, 『도쿄의 부엌』, 『그럼에도 일본인은
원전을 선택했다』, 『읽기로서의 번역』 등이 있다.

책이라는 선물

책이라는 선물

책을 만들고
팔고 알리는
사람들이
읽는 사람에게

기획자의 말
선물로서의 책

누군가에게 책 선물을 하는 걸 좋아했다. 애인에게, 부모님에게, 친구에게, 친구의 아이에게, 잘 모르는 사람에게도. 참 많이도 선물했다. 결혼이나 출산 등 축하할 일이 있으면 선물로 책을 골랐다. 이렇다 할 이벤트가 없어도 뭔가 이유를 붙여 책을 마구 선물했다. 선물할 책을 고르는 게 낙이었다. 일상에서 누군가를 열심히 떠올리고 상상할 기회는 흔치 않다. 편지를 쓰듯 책을 선물했다. 서점 책장 사이를 지나며 그 사람의 표정이나 말, 직업, 학창 시절에 뭘 좋아했는지 등을 떠올리는 게 너무 즐거웠다(게다가 원래 서점을 좋아하는 내가 데이트 중에 서점에서 많은 시간을 보내기 위한 핑계이기도 했다). 독서 경력이 풍부하지 않아서 선택지가 많지는 않았다. 하지만 조금 읽어보고 좋다 싶은 책은 나만 알고 있기가 아까웠다. 다른 누군가에게 이 책의 좋은 점을 알려 주고 싶었다.

책을 파는 것은 책을 선물하는 것

10년 전, 도쿄 롯폰기에 있는 서점에서 서점 직원으로 일했다. 회사 신입사원 연수로 배치된 서점에서 1년간 일하게 되었다. 대학 졸업 후 입사한 곳은 컬처 컨비니언스 클럽CCC이라는 쓰타야를 운영하는 회사였다. 점포 운영 외에 영화 배급, 영화관 운영 사업도 하는 곳이었는데, 나는 원래 영화 배급 일을 하고 싶어 입사한 터라 하루빨리 현장을 벗어나 본사 근무로 '올라가고' 싶었다. 서점 직원이 되겠다는 생각은 해 본 적도 없었다. 하지만 며칠 지나지 않아 이 일이 나에게 천직임을 깨달았다. 매일 입고되는 책 박스를 여는 게 즐거웠고 궁금한 책이 있으면 사가지고 돌아왔다. 읽어 보고 괜찮은 책이 있으면 많이 주문해 눈에 잘 띄는 곳에 쌓아 두었다. 그것을 집어 드는 사람이 있으면 모르는 척 다가가 타이밍을 봐서 "이 책 참 좋아요. 우선……" 하고 시키지도 않은 프레젠테이션을 시작했다.

요즘은 서점 근무 환경도 팍팍해져 서점 직원이 대개일이 바빠 제대로 손님을 응대할 겨를이 없다고 한다. 하지만 상황이 이 정도로 나쁘지 않았던 시기에도 서점 직원에게 직접 책 추천을 받은 경험은 없다. 보통 서점 직원은 책으로 손님과 소통한다는 직업 철학 아래 손님에게 말을 걸지 않는다. 하지만 이곳은 책 셀렉트샵이니까 셀렉트한 사람이 직접 추천하는 게 당연하다고 생각했다. 싫어하는 손님은 없었던 것 같은데 실제로 어땠는지는 모르겠다. 주위를 둘러봐도 그런 스타일의 서점 직원이 그리 모범적인 것은 아니었다. 그러나 육성 목적으로 신입인 내게 바로 담당 코너를 배정해 주었던 덕에 운이 좋게도 "서점 직원은 이래야 한다"라는 틀에 박히지 않고 자유롭게 행동할 수 있었다.

책을 파는 건 분명 상품을 파는 일이다. 그러나 금전 관계가 발생한다는 것을 빼면 서점, 그리고 서점 직원은 선물하듯이 책을 팔고 있다.

책을 만드는 것은 책을 선물하는 것

책을 만들 때, 구체적으로 이 책을 주고 싶은 사람, 예를 들어 아버지와 아이를 주제로 한 책을 만들 때는 전 직장 선배의 얼굴을 떠올리며 만들었다. 앞으로의 생활 방식에 관한 책을 만들 때는 고등학교 시절 친구를 떠올리며 만들었다. 인도의 출판사 타라북스의 핸드메이드 그림책 『쓰나미』의 일본어판을 만들 때는 당사자가 누굴까 질문하며 만들었다.

무엇보다 저자의 생각과 열정을 편집자인 나에게 머물게 할 것이 아니라, 가능한 한 좋은 형태로 선물처럼 많은 사람에게 전해야 한다고 생각했다. 의무감과 사명감을 가지고 책을 만들고 있다. 이 역시 나에게 국한된 이야기가 아니라, 편집자라면 분명 자연스럽게 공유할 수 있는 방법론일 것이다. 성실히 책을 대하는 업계 사람은 모두 그렇게 생각하고 있을 것이다.

그러나 책을 둘러싼 환경은 조금 다르게 흘러가고 있다. 책은 상품으로서 매출과 이익을 발생시킬 수 있느냐를 마케팅 관점에서 철저히 따진 후에 제조되고, 최대한 불특정 다수, 즉 보이지 않는 독자에게 가치 있는 것으로 만들어져 시장에 투입된다.

그런데 그 시장이 축소되고 있다. 여러 가지 이유가 있고, 입장에 따라 많이 다를 테니 굳이 여기에서 이야기하지는 않겠다.

내가 말하고 싶은 것은 책이 '선물'로서의 성격을 잃

고 최대한 많이 소비되어야 하는 '상품'으로서 유통되고 있는 것이야말로 문제의 근원이 아닐까 하는 것이다. 우연히도, 어떤 책이 히트하면 득달같이 속편이 줄줄이 간행되고 유사한 책이 양산된다. 출판사 편집부에서 편집부 직원이 상사에게 기획을 올릴 때, 그 기획서에는 비슷한 책과 그 판매 부수가 나열되어 있다. 어제오늘 일은 아니지만 드라마화, 영화화되는 걸 전제로 책이 만들어지는 경우도 많다.

그런 책들의 내용이 좋다 나쁘다 판단하고 싶지는 않다. 하지만 손에 든 그 책이 자기 자신을 위한 선물이 아니라는 것은 확실하다. 나를 위한 선물이라고 여겨지는 책은 적어도 어디서 많이 본 제목도 아니고, 내용도 어디서 읽어 본 듯한 느낌이 없다. 그리고 간행되기 전에 영화화가 정해져 있지도 않다.

책과 관련된 일을 하는 사람들이 조금 더 행복해지려면 책을 쓰는 것부터 편집, 장정, 디자인, 교정, 인쇄, 제본, 서점 영업, 서점에서의 책 선정, 진열, 판매에 이르는 일련의 과정을 하나의 '책을 선물하는' 과정으로 재인식하는 것이 중요하다.

　이런 시대인데도 책을 만들고 싶은 사람, 팔고 싶은 사람, 책과 관련된 일을 하고 싶은 사람은 많다. 출판사도 서점도 나날이 늘어나고 있다. 이렇게 절망적인 상황인데도 이렇게 희망만 말하는 업계는 그리 없을 것이다.

　2021년 4월

　나카오카 유스케中岡祐介(산린샤 출판사 대표)

옮긴이의 말
한 권의 책이 당신에게 오기까지

여러분은 다른 것보다 이 물건을 살 때 유독 쉽게 지갑이 열린다, 하는 것이 있나요? 사람마다 이것만 보면 어쩐지 마음이 약해져서 선뜻 사게 되는 물건이 있을 거라고 생각합니다. 어떤 이에게는 향수가 될 수도 있고, 어떤 이에게는 카메라가 될 수도 있고, 어떤 이에게는 빈티지 그릇이 될 수도 있습니다. 자기 취향에 맞는 물건, 이유 없이 마음이 가는 물건이 누구에게나 있을 것입니다.

저의 경우는 책입니다. 어릴 때부터 책이라는 물건이 좋았습니다. 같은 크기로 맞춰진 종이들이 소복하게 쌓인 종이 다발이 왠지 좋았습니다. 그런 취향은 쭉 이어져서, 마음에 드는 책이라면 일단 덥석 사고 보는 어른이 되었습니다. 그러다 나중에 읽지 않고 책장에 꽂아 두기만 해서 후회하는 일도 있지만 일단 책이라는 걸 좋아하게 되어 버린 이상, 좋아하는 것에 마음을 내주지 않기란 여간 힘든 일이 아닙니다.

어쨌거나 저는 세상의 수많은 기호품 중 책이라는 물건을 좋아하는 사람이고, 좋아하는 것을 만드는 사람이 되고 싶다는 바람으로 책을 번역하는 사람이 되었습니다. 이 책을 읽고 있는 여러분 중에도 비슷한 분이 많이 계실 거라 생각합니다. 다른 건 몰라도 책만큼은 냉큼 사 버린다거나, 책은 빌려 보기보다 꼭 구매해서 소장하는 편이다, 하는 분 말입니다. 어쩌면 이 책도 제목에 공감해 '그래, 책은 나에게 선물 같은 존재지' 하며 집어 드셨을지도 모릅니다.

이 책은 바로 그런 사람들이 각자의 위치에서 책을 만들어 가는 이야기를 담고 있습니다. 한 권의 책이 만들어져 우리에게 오기까지 10개의 공정에 있는 사람들이 자신이 맡은 일에 관해 썼습니다. 읽다 보면 눈치 채시겠지만, 책이 만들어지고 독자에게 전달되는 순서대로 글이 구성되어 있습니다. 작가가 쓰고, 편집자가 다듬고, 디자이너가 아름다운 형태를 입히고, 교정자가 틀린 곳을 바로잡고, 인쇄업자가 수많은 종이에 찍어내면, 제본업자가 그걸 책으로 만들고, 총판이 책을 유통시키고, 영업 담당자가 책을 서점에 소개하고, 서점에서는 책을 판매하고, 비평가는 책을 논하고 담론을 불러일으킵니다. 그렇게 책이 손에 손을 거쳐 우리에게 도달하는 궤적을 그리고 있습니다. 이 책처럼 다른 나라에서 번역 출간되는 책이라면 도착 국가에서 또 한 번의 비슷한 과정을 거치게 됩니다. 그 사이에서 한 언어를 다른 언어로 바꾸는 저 같은 번역가도 관여하고 있습니다. 이 얽히고설킨 기나긴 과정에 있는 사람들 중에는 전부는 아니겠지만 아마도 책의 매력에 빠져 책을 직업으로 삼게 된 사람이 많으리라 생각합니다.

　책이 대체 뭐길래 이렇게 많은 사람들이 책의 곁을 떠나지 못하고 묵묵히 책을 만들고 있는 걸까요. 출판을 직업으로 삼는 이상 생활의 문제와도 깊이 관련되어 있겠지만, 근본적인 이유는 하나일지도 모릅니다. 읽을 거리로서든, 만들 거리로서든, 책이란 물건에 어떤 매력이 있는 게 분명합니다. 출판업계 종사자 10인의 책에 대한 생각을 들여다보며 그 대답을 함께 찾아보시기 바랍니다. 어쩌면 여러분 자신이 책을 사랑하는 이유와 똑같은 대답이 나올지도 모릅니다.

　2021년 4월, 김단비

일러두기
이 책의 각주는 모두 옮긴이의 것이다.

책은 독자의 것

편집자 · 시마다 준이치로

한 사람의 독자에게

2009년 9월, 아들을 잃은 삼촌과 숙모를 위해 1인 출판사를 차렸다. 수익이나 장래의 일은 깊게 생각하지 않았다. 마음만 앞서 삼촌과 숙모에게 완성된 책을 건네는 장면만 생각했다. 편집 같은 건 해 본 적도 없었는데 인생을 걸겠다는 각오로 매일 책상 앞에 앉았다. 2년이 걸렸다. "죽음은 아무것도 아니에요"라는 구절로 시작하는 한 편의 외국 시에 다카하시 가즈에 씨의 흑백 일러스트가 어우러진 120페이지 분량의 책을 완성했다. 짐작하건대 삼촌과 숙모는 내 기대만큼 기뻐하지는 않았던 것 같다. 하지만 돌아보니 두 사람을 생각하며 책을 만든 것은 인생에서 더없이 행복한 일이었다.

나는 구체적인 독자를 위해서 책을 만들고 싶다. 마케팅이라든가 불특정 다수의 독자를 위해서가 아니라, 지금 어느 도시, 바닷가나 산골 그 어딘가에 사는 한 명의 독자가 몇 번이고 반복해 읽는 책을 만들고 싶다. 그게 아니라면 별 의미가 없지 않나, 하는 생각마저 든다. 젊은 나이에 죽은 사촌 형을 생각한다. 삼촌과 숙모를 생각한다. 아버지와 어머니를 생각한다. 아내를 생각한다. 아이들을 생각한다. 독자를 생각한다.

읽는 책과 사는 책

앞서 말한 책을 출간할 때 출판사 웹 사이트에 시 전문을 올렸다. 그 시는 슬퍼하는 사람들을 위해, 그들의 슬픔을 어루만지려 이타적으로 쓰인 시인데 그런 시를 읽는데 대가를 치르라고 하는 건 내키지 않았다. 책을 사지 않으면 내용을 알 수 없다는 식으로 하고 싶지는 않았다.

책은 도서관에서 빌릴 수 있다. 친구에게 빌려도 된다. 그것도 아니면 서점에서 사지는 않고 읽기만 하는 방법도 있다. 그렇게 하는 것과 대가를 치르고 책을 집으로 가져가는 것은 근본적으로 다른 행위다. 내가 만들고 싶은 책은 단지 읽기만 하면 되는 책이 아니다. 집에 고이 가져가고 싶은 책, 누군가에게 선물하고 싶은 책이다. 서점에서 눈에 띄었는데 꼭 나를 위한 선물처럼 느껴져 계산대로 들고 간다. 그리고 소중히 집으로 가져간다. 읽는 건 언제라도 좋다. 마음이 내킬 때 펼치면 된다. 그보다는 방 어디에 둘지 고민하게 만드는 책이었으면 한다. 책장이 있다면 어떤 책 옆에 꽂을지 고민하고, 마땅한 책장이 없다면 식탁 옆에 둘까, 침대 옆에 둘까, 고민하게 되는 책. 아끼는 진열장이 있다면 거기에 두기도 하고, 없으면 다른 어딘가에 둔다. 혹은 소중한 친구의 방 어딘가에 놓일 수도 있다.

'전체'에 관하여

유년 시절의 기억 중에서 유독 선명한 것이 『프로야구선수명감』プロ野球選手名鑑이다. 초등학생이었던 나는 책에 있는 숫자, 야수의 경우 타율, 홈런, 타점(당시 승리타점이라는 항목도 있었다), 투수의 경우는 등판 수, 승패 수, 평균 자책점 같은 숫자를 보고 또 보며 줄줄 외웠다. 1980년대에만 해도 개인정보에 대한 의식이 지금처럼 높지 않아서 거기에는 선수의 아내와 자녀 이름까지 실려 있었다. 나는 매일 질리지도 않고 책을 들여다봤는데, 끝까지 다 보면 다시 앞으로 돌아가 채 꼼꼼히 읽지 못한 페이지를 찾아 다시 정독했다.

내 손에 있던 것은 말하자면 하나의 '전체'였다. 각기 다른 수백 명의 선수 정보가 이룬 전체. 그해 프로야구의 전체. 선수들의 얼굴 사진과 경기 성적, 가족 정보, 한 줄 코멘트가 나란히 정렬되어 책에는 어떤 커다란 세계가 표현되고 있었다. 책을 펼치면 나는 전체를 볼 수 있었다. 그 광활한 전체를 종횡무진 누빌 수 있었다. 그 세계에 한번 빠져들면 바깥에 무엇이 있는지는 중요하지 않다. 책에 써 있지 않은 것은 이 세상에 존재하지 않는다. 도감이나 그림책도 그랬다. 월간 만화잡지 『코로코로 코

믹』コロコロコミック도 마찬가지다. 구석구석 읽다 보면 어렴풋이 하나의 전체가 보였다.

까마귀와 꿀꿀

2014년 11월에 큰아들이 태어나며 나는 아빠가 되었다. 아빠로서의 바람이라면 아들이 책과 음악을 사랑하는 사람이 되었으면 하는 것이다. 그 둘은 아들의 인생에 도움이 될 것이다. 때로는 친구 이상으로. 아들이 태어나기 전부터 나는 근처 서점에서 아들에게 줄 그림책을 한두 권씩 사 모았다. 후쿠인칸쇼텐 출판사에서 간행하는 월간 동화 시리즈 『어린이의 친구』こどものとも를 샀고, 명작이라고 하는 그림책을 찾아 새가 둥지를 틀듯 새로 이사한 집으로 날랐다. 아들이 그림책에 흥미를 느끼기 시작한 건 생후 7개월 무렵이었다. 물론 뭘 알아서가 아니라 주변에 있는 물건을 마구잡이로 잡았을 뿐이다. 나는 책상다리를 하고 앉아 조그마한 아들을 가랑이 사이에 앉히고 그림책을 읽어 주었다. 하지만 아들은 책을 잡으려고만 할 뿐 이야기를 듣지도 그림을 보지도 않았다. 그림책 몇 권은 무참히 찢겼다. 그로부터 1년쯤 지나자 아들은 스스로 그림책을 가져와 읽어 달라며 졸랐다.

"까마귀!"

"꿀꿀!"

"멍멍!"

아들은 책 줄거리와는 상관없는 작은 그림들을 보며 놀란 듯이 탄성을 질렀다. 나는 그때마다 "맞아, 까마귀야" "그래, 꿀꿀이지" "그건 야옹이야" 하고 대답해 주었다. 어른인 나는 그림책의 줄거리를 보지만, 어린아이인 아들은 이야기 줄거리보다는 책의 세세한 그림에 관심을 가졌다. 작은 그림이 많으면 많을수록 그곳에 풍요로운 세계가 있다는 듯, 자꾸만 그림책을 엄마, 아빠에게 가져왔다.

독서는 마라톤

어린아이는 책을 다양한 각도에서 즐기지만 어른은 말하자면 책을 직선적으로 읽는다. 첫 글자부터 마지막 글자까지 한 자도 건너뛰지 않고 이야기와 논리의 결말을 향해 일직선으로 나아간다. 비유하자면 마라톤 같다. 처음에는 야심 차게 시작하지만 중간쯤 가면 숨이 차고 집중력이 흐트러진다. 예컨대 외국 소설을 읽고 있다면 거의 백 퍼센트 확률로 중간에 등장인물의 이름을 잊어버린다. 한참을 읽다가 이 낯선 이름이 여자 주인공의 애칭이라는 사실을 떠올린다. 마지막 몇십 페이지를 읽을 때는 조금 흥분한다. 처음의 집중력은 완전히 다른 것으로 변해 있는데, 마치 러너스 하이 같은 상태다. 이 책도 이제 곧 끝난다, 거의 다 왔어, 10페이지 남았어, 5페이지, 3페이지, 1페이지! 왼손 손가락으로 세던 페이지 수는 마침내 제로가 된다.

책 내용은 가물가물하다. 머릿속에는 저자가 전하고 싶었을, 혹은 표현하고 싶었을 어떤 것과는 다른, 이야기의 사소한 디테일이나 아무래도 좋은 말들만 남아 있다. 친구를 떠올리게 하는 등장인물, 싫어하던 사람을 연상시키는 대사, 전혀 이해가 안 되어서 오히려 기억에 남은 구절, 낯선 장면, 몇몇 지명, 추상적인 표현. 그런 것을 곱씹다 보면 애초에 책이란 무언가를 전달하는 도구일까, 하는 생각이 든다. 저자는 과연 한 권의 책을 통해 독자에게 어떤 메시지를 전하고 싶었던 걸까. 아들이 그림책 구석에서 작디작은 고양이를 찾듯 나 역시 책에서 내 마음에 드는 것만 찾으려 했던 건 아닐까.

모방

편집은 사람에 따라 작업 스타일이 천차만별이다. 작가를 격려하고 북돋아 좋은 글을 이끌어 내는 데 힘을 쏟는 편집자가 있는가 하면, 만화 편집자처럼 작가와 함께 아이디어를 내는, 원작자나 다름없는 편집자도 있다. 나는 편집이라는 걸 정식으로 배운 적이 없어서 어떤 편집자가 가장 좋은 편집자인지는 모른다. 회사를 차린 지 9년째이지만 아직도 감으로 책을 만들고 있다.

나의 편집은 모방에서 시작한다. 개인적으로 좋았던 책을 모방한다. 물론 그대로 베낀다는 것이 아니라, 표지 종이는 이 책을 참고하고 본문 레이아웃은 저 책을 참고하고 하는 식으로 여러 책에서 아이디어를 얻는다. 그렇게 머릿속으로 책이라는 '물건'의 이미지를 만들어 나간다. 독창성은 거의 없다고 보면 된다. 나는 동시대, 혹은 이미 고인이 된 편집자의 작업을 흉내 낸다. 그렇게 해서 책의 이미지가 완성되면 그제야 겨우 책의 내용을 생각한다. 이 책의 형태에 맞는 글을 쓸 사람은 그 저자밖에 없다는 식으로.

글 간격은 여유롭게 하고 여백은 충분히 둔다. 느닷없이 본문으로 시작하기보다는 면지*와 목차를 넣고 보통 7페이지, 혹은 9페이지부터 시작한다. 페이지 수는 200페이지 조금 안 되는 정도가 적당하다. 표지는 손으로 만졌을 때 가슬가슬한 종이 질감이 느껴지는 것이 좋다. 표지

---

*   표지와 본문이 떨어지지 않게 안정시킬 목적으로 표지와 본
      문 사이를 연결한 종이.

를 벗겼을 때의 속표지는 소박한 것이 좋다. 전체적으로 하얗고 단정한 느낌이 좋다.

온전한 것을 전하고 싶다

내가 책을 통해 전달하고 싶은 건 메시지도 아니고 주장도 아니고 부드러운 설득도 아니다. 나는 어떤 전체를 누군가에게 온전히 전하고 싶다. 거창하게 말하면 인생 전체이다. 이야기, 시간, 감정, 생각의 전부를 말이다. 그 사람의 모든 것. 그 전부를 전달하기에 책만 한 것이 없다.

나는 저자의 원고를 되풀이해 읽으며 전체적인 윤곽을 잡는다. 저자와 미팅을 거듭하며 원하는 바를 최대한 솔직하게 말한다. 그러다 보면 자연스레 독자가 떠오른다. 우선은 가까운 사람들이 떠오른다. 부모님과 삼촌, 숙모, 아내. 그들이 좋아할 만한 책일까 묻고 또 묻는다. 다음은 독자다. 추상적인 독자가 아니다. 기치조지에 있는 '북스 루에'Books Ruhe에서 늘 책을 사 주는 독자, 시모키타자와의 '고서 비비비'Bibibi에서 항상 책을 사 주는 독자, 히메지에 위치한 '오히사마 유빈샤'Ohisama Yuubin-sya에서 매번 책을 사 주는 독자. 그 한 사람 한 사람의 얼굴을 떠올리며 그들 마음에 들 책을 만들려고 온 힘을 쏟는다.

나는 대체로 저자에게 원고를 줄여 달라고 부탁하는 편이다. 책이 두껍다고 작품이 충실한 것은 아니다. 오히려 넘치는 부분을 덜어 내면 책이 전체적으로 충실해지는 경우가 많다. 쉽게 말해 상상의 여지를 남기는 것이다. 저자가 독자를 가르치려는 책이 아니라 저자와 독자가 대등한 관계에서 서로 대화하는 책이어야 한다.

인터넷 세상

'전체'에 관해 조금 더 이야기해 보려고 한다. 내가 왜 이렇게 전체에 집착하고 있느냐 하면 이 말이야말로 책의 매력을 보여 준다고 생각하기 때문이다. 인터넷 시대가 열리면서 변한 것은 전체가 잘 보이지 않게 되었다는 것이다. 전체를 조감하며 사물을 바라보기가 힘들어졌다. 다시 말해 자신이 서 있는 위치를 파악하기 어려워졌다. 나는 매일같이 SNS를 들여다보지만, 거기에 올라오는 건 어디까지나 내 가치관과 비슷한 사람들의 소식과 발언이다. 그 조그만 전체 속에서 내 위치를 날마다 미세하게 조정한다. 그러나 보다 밑바탕에 깔린 생각을 말하자면 나는 한 번도 인터넷의 전체를 바라보고 싶어 한 적이 없다. 인터넷 세상에서 일어나는 모든 일을 알고 싶다고 생각한 적도 없다. 월드 와이드 웹 초창기였다면 가능했을지도 모른다. 하지만 세계 곳곳에서 초 단위로 갱신되는 지금의 인터넷 세상에서는 도저히 상상할 수 없는 일이다. 대신 쉴 새 없이 휙휙 새 페이지로 넘어간다. 책 정보를 보다가 오늘의 뉴스를 보고, 지인의 인스타그램 사진을 찾아보다 유튜브에서 옛날 예능 프로그램을 본다. 그리고 무작위로 들어오는 그러한 정보를 통해 무언가를 생각하거나 파악하려고 한다.

　나는 가끔 불안해진다. 5분 전 정보보다 1초 전 정보가 절대적인 가치를 갖는, 이런 끝이 없는 세상에 진이 빠진다.

한 권의 책

　책 좋아하는 사람 사이에서 가끔 화제가 되는 것이 어린 시절 도서관에 있는 책이란 책은 다 읽고 싶었다던 순수한 욕망에 관한 이야기다. 나도 한때는 그랬다. 도서관은 아니고 근처 서점에 진열되어 있던 신초 문고* 시리즈를 섭렵하고 싶었다. 그런데 나이가 들면서 그런 욕심은 사라졌다. 그보다는 남은 인생 동안 얼마나 더 책을 읽을 수 있을까 하는 생각만 하게 되었다.

---

* 　新潮文庫. 1914년 창간된 일본에서 가장 오래된 문고. 세계 문학과 일본 문학의 명작을 소개한다.

어렸을 때는 왜 그토록 모든 책을 읽고 싶었을까. 아마도 책을 다 읽고 나면 내가 좀 더 풍요로운 사람이 되리라 믿었던 것 같다. 아니면 식견이 넓어져 세상을 보는 눈이 달라진다고 믿었던 것 같다. 모두 읽고 싶다. 그것은 모든 질량을 파악하고 싶다는 말이다. 전부 내 눈으로 확인하고 싶다는 것이다. 나는 서점이나 도서관에 있는 책을 전부 읽고 싶다는 욕망이 책 한 권을 다 읽고 싶다는 욕망과 몹시 비슷하다고 생각한다. 예를 들어 한 나라의 역사서를 읽고 그 나라의 성립과 현재를 아는 것은 그 한 권의 책으로 그 나라 전체를 파악하려는 시도다(그때만큼은 그 한 권이 곧 그 나라 자체다). 일단 거기에 적히지 않은 것에는 눈을 돌리지 않는다. 대신 그 나라 전체, 바꾸어 말하면 그 나라의 개요를 파악하고 그것을 추상적으로 이해하고자 한다. 자기 나름대로 이해한 뒤 더 알고 싶으면 인터넷으로 추가 정보를 얻거나 그 나라에 관한 다른 책을 찾아 읽는다. 또는 실제로 그 나라에 가 보기도 한다. 그렇게 자기 안의 전체를 더욱 풍성하게 만들어 나간다. 그런 식으로 독서는 꼬리에 꼬리를 물고 이어진다. 하지만 나의 경우 핵심이 되는 것은 언제나 한 권의 책이며, 하나의 전체다. 그것은 추상적이지만 책이라는 사물의 형태를 취했다는 점에서 구체적이기도 하다.

책을 만든다는 것

나는 책이라는 물건을 만든다. 그것은 물건이라는 점에서 신발이나 칼, 장난감과도 같다. 손에 잡히는 물건. 선반에 진열할 수 있는 물건. 만지고 볼 수 있는 물건. 가지고 놀 수 있는 물건. 때로 생활에 도움이 되는 물건. 나는 책상 앞에 앉아 머릿속으로 책의 형태를 그린다. 예쁘고 반듯한 한 권의 책. 그것을 누군가에게 건네는 장면을 상상하고 누군가의 삶을 풍요롭게 만드는 꿈을 꾼다.

내가 선물하고 싶은 것은 무언가의 전체다. 거듭 말하지만 이야기, 시간, 감정 그리고 생각의 전체. 까다로울지도 모를 일이다. 하지만 최대한 아름다운 형태로 만들어 건네고 싶다. 그러니 디자인은 가능하면 아름다운 게 좋다. 두께는 그리 두껍지 않아야 한다. 제목이 촌스러워서는 안 된다. 가능하면 직접적이지 않은 제목이 좋다.

간단한 이야기는 말로 하면 된다. 글로 남기고 싶다면 메일을 보내면 되고 조금 더 마음을 전하고 싶으면 편지를 쓰면 된다. 하지만 그보다 큰 무언가라면 책이라는 형태로 건네고 싶다. 책은 묵직하다. 물건으로나 내용으로나. 한

마디로 정의하기란 쉽지 않다. 저자조차도 자신이 무엇을 쓰고 있는지 혼란스러울 때가 있다. 하지만 한 권의 책이 완성되었다는 건 하나의 표현이 완결되었음을 뜻한다. 그래서 책 한 권이 완성될 때마다 나는 언제나 이상한 기분에 사로잡힌다. 감동이라기보다는 마치 하나의 생명이 탄생한 듯하다.

이해되지 않는 말

술술 읽히는 책은 금방 잊어버린다. 반면 한 번 읽어서는 잘 모르겠다 싶은 책은 높은 확률로 마음에 남는다. 잘 모르겠다 싶은 책이야말로 다 읽고 나서 금세 다시 생각난다. 며칠에 걸쳐 그것은 무엇이었을까 곱씹는다. 편집자로서 이해하기 어려운 부분을 빼 버리는 일은 어렵지 않다. 교정지에다 독자들이 이해하기 어려울 것 같다고 써도 되고, 더 노골적으로 이대로는 책이 팔릴지 걱정된다고 메일을 보낼 수도 있다. 하지만 때때로 그렇게 이해하기 쉽지 않은 부분에 중요한 것이 들어 있다.

나는 시간을 들여 그런 문장과 씨름한다. 이대로 둘까, 아니면 고쳐 달라고 할까. 하지만 결국 나는 그 알 수 없는 문장에 끌리고 만다. 생각건대 저자가 자신의 기량을 넘어 더 큰 것을 쓰려고 할 때 표현이 뒤엉킨다. 한 번 읽어서 이해되지 않는 문장이야말로 박력이 있다. 뒤엉킨 부분을 풀어주고 보다 단순하게 표현하면 누구나 이해하기 쉬운 친절한 책이 될지도 모른다. 하지만 그렇게 해버리면 그 책의 가장 좋은 부분이 손상되는 것 같다.

기존 문장을 해치지 않는 선에서 저자에게 수정이나 줄 바꿈을 제안하기도 한다. 아리송한 부분이 아리송한 채로도 빛날 방법을 고심한다. 물론 나의 판단이 매번 맞아떨어지는 건 아니다. 제안한 대로 수정되어 온 교정지를 보고 내 생각이 틀렸구나, 깨달은 적도 한두 번이 아니다. 내가 만들고 싶은 책은 한 번 읽고 마는 책이 아니다. 여러 번 반복해서 읽고 싶어지는 알찬 책을 만들고 싶다.

끝나고 나서야 알 수 있는 것

2015년에 하시구치 유키코의 『이별 이후』いちべついらい라는 책을 펴냈다. 이 책은 하시구치가 오랫동안 한집에서 지냈던 다무라 가즈코에 관해 쓴 책이다. 가즈코는 시인 다무라 류이치의 전 부인으로 알려져 있다. 그녀는 네지메 쇼이치의 소설 『황무지의 사랑』荒地の恋에서 매력적인 여자 주인공으로 그려지기도 했다. 실제로 가즈코는 아주 매

력적인 사람이었다. 하지만 주변 사람을 힘들게 하는 사람이기도 했다. 좋게 말하면 천진난만하지만, 나쁘게 말하면 어디로 튈지 모르는 사람이다. 하시구치는 그런 그녀를 잊을 수 없었다.

하시구치는 가즈코가 세상을 떠난 뒤 글을 썼다. 가즈코의 모든 것을 전하려는 듯 장점도 단점도 있는 그대로 썼다. 가즈코와 인연을 끊고 나서, 다른 사람에게서 예전처럼 가즈코와 잘 지냈으면 좋겠다는 이야기를 들었을 때도 "죄송하지만 안 될 것 같아요. TKO 판정이 났어요. 제 코가 석자예요. 더 이상 제가 할 수 있는 건 아무것도 없어요"라고 대답했을 만큼 정신적으로 피폐했던 날들의 이야기까지 솔직하게 다 썼다.

페이지 수는 160페이지에 불과하다. 하지만 이 책에는 더없이 소중한 전체가 있다. 하시구치와 가즈코의 추억 전체가. 그것은 가즈코가 세상을 떠난 뒤에야 비로소 알 수 있는 것이었다.

책을 선물하다

내가 책을 좋아하는 이유는 때때로 책이 저자의 영혼 그 자체로 보이기 때문이다. 어른이 되고서 그런 생각을 하게 됐다. 비록 헌책방에서 100엔 주고 산 책이라도 쉽게 버릴 수 없었다. 내 방에는 읽지 않은 책이 몇백 권은 쌓여 있다.

생각나는 건 20대 무렵의 일이다. 당시 나는 틈만 나면 주변 사람에게 책을 선물할 궁리를 했다. 좋아하는 여자나 친하게 지내고 싶은 동성 친구들 같은. 실제로 그들에게 책을 선물했다. 돈이 없어서 죄다 문고본 책이었다. 신초 문고, 고단샤 문고, 이와나미 문고, 지쿠마 문고…….

"이거 재미있는데 한번 읽어 봐."

최대한 무심한 척하며 술자리 같은 데서 책을 건넸다. 감상을 요구하지는 않았다. 그냥 주는 것만으로 좋았다. 내가 인생에서 소중히 여기는 것이 상대에게 고스란히 전해지는 것 같아서 마음이 간질거렸다. 그때 걸었던 밤길이 눈에 선하다. 상점가 왼쪽에 로손 편의점이 있고 조금 지나면 오른쪽에 돈코쓰 라멘집이 있었다. 좀 더 가면 훼미리마트 편의점도 있었다. 밤길이 지금보다 조금 어두웠다.

마지막으로

모두 좋으니 한 페이지도 남김없이 모두 읽었으면 좋겠다. 하지만 한꺼번에 모두 다 맛보는 것은 아까우니 며

칠이든 한 달이든 1년이든 좀 묵혀 두면 더 좋겠다. 그리고 마음이 내킬 때마다 조금씩 읽어 주었으면 좋겠다. 그럴듯한 감상 같은 건 없어도 된다. 세련된 말도 필요 없다. 좋았냐고 물었을 때 좋았다고 말해 주면 더없이 기쁘겠다. 그런 책을 만들고 있냐고 내게 묻는다면 확신은 못 한다.

솔직히 고백하자면 편집 작업 막바지 즈음이 되면 나도 뭐가 뭔지 모르겠다. 마감 날까지 작품과 함께 언덕에서 굴러 떨어질 뿐이다. 다음 날 오전에 인쇄에 들어가야 하는데 끝끝내 교정지를 놓지 못하고 끙끙거리며 아침 해를 맞이하기도 한다. 도무지 내 이성을 믿을 수 없어서 참다 못해 교정자에게 전화를 걸어 전화기 너머로 원고를 소리 내어 읽어 주고는 "정말 이상한 거 아니죠?" 끈질기게 확인하고 또 확인한다. 나의 편집은 언제나 마감 시간과 함께 끝난다.

책의 전체적인 느낌은 안다. 그걸 어느 정도 파악하고 있다는 자부심도 있다. 하지만 그 느낌을 더 좋은 쪽으로 이끌었느냐 하는 점에서는 자신이 없다. 어쩌면 내가 이러쿵저러쿵 참견하는 바람에 책에 담긴 전체가 처음보다 부족해진 것은 아닐까. 더 풍성했을 책이 내 편집으로 되레 빈약해진 것은 아닐까. 그렇지만 인쇄되어 나온 책은 이미

내 것이 아니다. 저자의 것도 아니다. 오직 독자의 것이다.

시마다 준이치로島田潤一郎
1976년 고치현에서 태어나 도쿄에서 자랐다. 2009년 9월, 도쿄
기치조지에서 1인 출판사 나쓰하샤夏葉社를 창업해『지난날의
손님』昔日の客,『별을 뿌린 거리』星を撒いた街 등 쇼와 시대
명저를 복간하는 작업을 이어오고 있다. 저서로『내일은
출판사』あしたから出版社가 있다.

여신은 당신을 보고 있다

북 디자이너 · 야하기 다몬

아는 척하지 말자

처음 책 선물을 한 게 언제였을까. 어렸을 때 할머니나 어머니, 친척에게 그림책이나 책을 선물 받은 적은 있어도 내가 누군가에게 책을 선물한 기억은 거의 없다.

초등학생 때만 해도 책을 좋아하지 않았다. 페이지 가득 들어찬 차가운 글자들이 조금 무섭기까지 했다. 반에는 꼭 책벌레가 몇 명씩 있어서 도서관을 제집처럼 드나들며 틈만 나면 책을 읽었다. 쉬는 시간이면 밖에서 1분이라도 더 놀고 싶었던 내가 보기에는 황금 같은 자유 시간을 책 읽는 데 허비하는 그들이 외계인처럼 보였다.

5학년 때 옆 반에 관심 가는 여자아이가 있었다. 평소 눈에 띄는 아이는 아니었는데 이야기를 해 보면 유머가 있었다. 교실에서 모두 큰 소리로 떠들고 있을 때도 그 아이는 어딘가 초연한 눈빛으로 사물을 바라봤다. 굉장히 똑똑하고 어른스러운 아이였다. 날이 갈수록 그 아이와 이야기하는 시간이 늘었다. 쉬는 시간이나 학년 전체 수업 때 이야기할 기회가 있으면 우리는 우리 둘만 알아듣는 이상한 대화를 즐겼다. 보아하니 그 아이는 어릴 때부터 책을 무척 많이 읽은 것 같았다. 어떤 책을 좋아하냐고 물었더니 뜻밖의 대답을 했다.

"나쓰메 소세키."

그때까지 내가 읽은 책이라고는 『맑음 때때로 뿌이 뿌이』はれときどきぶた나 『쾌걸 조로리』かいけつゾロリ 시리즈처럼 그림 위주의 가벼운 아동서뿐이었지만 나는 차마 그런 얘기를 할 수 없었다.

"나쓰메, 소, 세키⋯⋯? 어, 나도 읽어. 참 재미있지?"

"정말? 소세키 읽는다는 애는 네가 처음이야!"

그 아이는 눈을 반짝이며 소세키의 훌륭한 점을 늘어놓았다. 나는 순간적으로 튀어나온 거짓말을 얼버무리기에 급급해 그 아이가 하는 말이 하나도 귀에 들어오지 않았다.

그날 집에 가서 꼭 사고 싶은 책이 있다며 어머니를 졸라 받아 낸 용돈을 들고 근처 책방으로 갔다. 문고본 코너에서 나쓰메 소세키의 책을 몇 권 찾아 펼쳐 보았다. 한자투성이에 글씨는 깨알같이 작았다. 표현도 옛날식이라 도통 무슨 소리인지 알 수 없었다. 걔가 이런 걸 읽는다고? 현기증이 났다. 그렇다고 포기할 수는 없었다. 고민 끝에 그나마 가장 쉬워 보이는 고단샤 아오이토리 문고 시리즈의 『나는 고양이로소이다』를 사 왔다. 집에 고양이를 다섯 마리 넘게 키우고 있어서 고양이 이야기라면 어떻게든 읽을 수 있지 않을까 싶었다. 그런데 책을 펼치고 몇 페이지를 채 넘기기도 전에 눈꺼풀이 무거워졌다. 비몽사몽간에 읽느라 줄거리고 뭐고 머리에 들어오지 않았다. 다음 날 아무렇지도 않게 그 아이에게 말을 걸었다.

"지금 『나는 고양이로소이다』를 읽고 있거든. 꽤 재밌네."

"정말? 사실 나도 소세키 작품 중에 『나는 고양이로소이다』를 제일 좋아해!"

그 아이는 뛸 듯이 기뻐했지만 사실 겨우 몇 페이지 뒤적이다 잠들어 버린 게 전부니 이야기가 통할 리 없었다. 몇 줄 주워 읽은 것으로 간신히 대화를 이어가 보았지만 어쩔 수 없이 티가 났다. 분위기는 점점 어색해져 그 후로 나는 그 아이가 보이면 피하게 되었다.

아주 시시한 이야기지만 지금 생각해도 식은땀이 난다. 나는 내 나쁜 머리를 탓하며 두고두고 후회했다. 아는 척하지 말자. 앞으로는 설령 책을 읽었더라도 절대 티를 내지 말자고 결심했다. 그 뒤로는 아무리 친한 사이라도 책을 추천하거나 선물하지 않았다. 내게 책은 부담스러운 선물이었다. 받는 사람 입장에서는 읽고 싶지 않을 수도 있고, 읽더라도 제 취향이 아닐 수 있다. 감상을 묻자니 재미없었다고 할까 봐 겁이 난다. 애초에 먼저 말을 꺼내지 않은 걸 보면 아직 읽지 않은 게 아닐까. 그러다 보면 괜히 떨떠름해져서 나는 책을 선물하는 것과 점점 멀어졌다.

편지광

책상에 얼굴을 바짝 붙이고 엽서에 잘게 글씨를 적는다. 한여름 남인도, 천장에 달린 선풍기는 후텁지근한 공기만 휘저을 뿐이다. 땀방울이 금세 말라붙어 목덜미에 소금기가 엉겨 붙는다. 섭씨 48도가 넘는 기온에 마을 전체가 피할 곳 없는 한증막 같았다.

중학교 1학년 때 학교를 그만두고 한 해의 절반 이상은 인도에서 보내게 된 지 3년이 다 되어가고 있었다. 거리도 사람도 익숙해져 더 이상 새로운 것도 없었다. 가끔 산책을 하거나 밖에서 그림을 그리기도 했지만 걷기에 바깥을 돌아다니는 건 자살행위나 다름없었다. 열일곱 살의 내가 그 무렵 빠져 있던 일은 '일본의 친구들에게 편지 쓰기'였다. 하도 많이 쓰다 보니 누구에게 어떤 편지를 썼는지도 잊어버릴 지경이었다. 그러다 전에 쓴 내용을 또 쓰기라도 하면 망신이니 그때부터 수첩에 기록하기 시작했다. 엽서나 봉투의 종류와 함께 어떤 내용을 썼고, 어떤 그림을 그렸으며, 무슨 우표를 붙였는지 하는 것을 적어 목록을 만들었다. 몇 월 며칠에 몇 통의 편지를 보냈는지 꺾은선 그래프를 그려 표시하는 것이 일과였다. 이 색다른 취미는 점점 과열 양상을 띠어 편지 쓰기에 더 몰두하게 되었고, 한 달에 몇백 통의 편지를 보내고는 그래프를 보며 흡족해하기에 이르렀다. 평생 쓸 편지를 이때 다 썼다고 해도 과언이 아니다. 이때 쓴 편지를 모아 책을 만들면 몇백 페이지에 달하는 인도 체류기가 완성될지도 모른다.

우리 1980년대생은 '전하는' 일의 중요성을 배우며 자랐다. 학교에서는 개성을 죽이는 주입식 교육이 이루어졌지만, 적어도 도덕 시간에는 '개성을 소중히' 하라고 가르쳤다. 10대 초반에는 삐삐로 대표되던 이동통신이, 10대 중반부터 후반 무렵에는 인터넷이 급속히 보급되었다. 나도 인도에서 일본으로 돌아와 주로 통신비가 싼 심야 시간대에 열심히 홈페이지를 만들어 '전하는' 일에 열중했다.

2002년에 처음으로 출간한 『인도 통째로 듣기』インド・まるごと多聞典는 '커뮤니케이션'을 테마로 10명을 인터뷰한 대담집이다. 10대 시절 대부분을 인도에서 보내고 돌아와 일본의 또래 친구들과 가치관의 차이를 느끼던 내게 그것은 매우 절실한 문제였다.

그런데 인터넷이 보급되면서 급부상한 '쌍방향'interactive이나 '실시간'real time 같은 영어 단어를 접하면 어쩐지 거부감이 들었다. 인터넷상에서 쉴 새 없이 주고받는 메시지와 인도 친구에게서 수십 일 걸려서야 도착하는 항공우편은 물질적인 중량의 차이 이상으로 생각의 밀도도 전혀 다르게 느껴졌다. 다행히 편지광 시절에는 아직 '인터넷'이라는 골칫거리가 일상에 들어오기 전이었다. 누군가에게 뭔가를 전하고 싶어 편지를 쓴 것이 아니다. 답장이야 오면 좋지만 안 와도 그만이다. 우체통에 집어넣는 시점에 이미 80퍼센트는 그 역할을 다한 것이다. 편지는 그 순간의 인도의 공기와 열기를 뚝 떼 내어 '보낼' 뿐이다. '전하다'라는 건 좀 더 까다로운 일이라 '전하다'가 있으면 '전해지지 않았다'라는 반대의 결과도 따라다니는 것처럼 느껴졌다. 하지만 '보냈다' 뒤에 '보내지 않았다'라는 일은 일어나지 않는다. 그것이 소중한 편지가 될지 무의미한 휴지 조각이 될지는 받는 사람의 몫이다. 그 점이 좋았다.

20대 중반 무렵, 초등학교 동창의 집에 놀러 갔는데 방 벽에 내가 손으로 그려 보낸 엽서가 붙어 있었다. 뒤집어서 소인을 보자 10년 전에 보낸 것이었다. 놀라서 "이게 아직도 있어?" 하자 친구는 쑥스러운 듯 웃으며 "버릴 수가 있어야지" 했다. 엽서에는 인도의 무더운 건기에 흠뻑 물을 적신 천을 뒤집어쓰고 바닥에 엎드린 내 모습이 그려져 있었다. 아크릴 물감으로 그린 그림은 햇볕에 완전히 색이 바랬지만 석양이 비치는 그의 아파트에 달랑, 걸린 것이 묘하게 아름다웠다.

여기서 함께 책을 팔자

"북 디자이너 야하기 다몬이라고 합니다. 문예 담당 ○○씨 계십니까?"

서점 계산대에서 그렇게 물어보면 점원은 대체로 의아한 표정을 짓는다. 출판사 영업자도 아니고, 더군다나 저자도 아닌 북 디자이너가 서점에 책을 홍보하러 오는 일은 거의 없기 때문이다. 하지만 나는 지역 어디라도 처음 출장을 가는 곳이면 내가 썼거나 디자인한 책을 갖춰 놓은 서점에 찾아가 꼭 인사를 한다. 내가 쓴 책이 있는 경우에는 스스로 나서서 일러스트를 곁들인 사인본을 만들어 놓고 온다. 점원과 서점을 둘러보다가도 내가 디자인한 책이나 친한 편집자가 만든 책이 보이면 "이 책 좋아요!" 하고 홍보한다. 북 디자이너와 서점의 접점은 의외로 적다. 본인이 디자인한 책이 어디에서 어떻게 팔리고 있는지 전혀 모르는 디자이너가 대부분이다. 전에는 나도 그랬다.

　내 첫 책 『인도 통째로 듣기』는 한마디로 표현하기 힘든 책이다. 대담집이지만 인도 작곡가와 영화감독을 빼면 유명인 하나 등장하지 않는다. 제목에 '인도'가 붙어 있긴 하지만 이 책을 읽는다고 해서 인도를 잘 알게 되는 것도 아니다. 그렇다고 인터뷰어가 잘 알려진 사람인가 하면 그것도 아니다. 중학교를 중퇴하고 인도와 일본을 오가며 생활하는 스무 살짜리 화가로 개인전을 연 적이 있긴 하지만 사실상 무명에 가깝다.

　책이 나온 후 집 근처 책방에서 책을 찾아보니 재고는 커녕 입고조차 안 되어 있었다. 이웃 좋다는 게 뭐냐며 몇 권만 주문해 주십사, 출판사 영업 직원과 부탁하러 갔던 기억이 난다. 어릴 때부터 만화와 잡지를 사러 드나들던 가게였다. 철 지난 어린이 잡지 부록을 공짜로 주기도 하고 내가 좋아하는 만화가의 신간이 나오면 알려주기도 했다. 그래서 특별히 인상이 나쁘지 않은 곳이었는데, 계산대에 앉아 있던 아저씨는 책 내용도 보지 않고 한숨을 쉬며 말했다. "이런 책은 우리 가게에서 안 팔려. 잡지나 만화책 사러 오는 사람이 대부분이라……."

　반응이 냉랭했다. 그래도 끈질기게 졸라 몇 권 들이긴

했는데 실제로 팔리지 않았으니 민폐만 끼친 셈이 되었다. 다음에는 개성 있는 북 큐레이션으로 유명한 도쿄의 모 서점에 찾아갔다가 "이런 변변찮은 책은 취급 안 해요" 하고 쌀쌀맞게 거절당했다. 다니카와 슌타로 선생님이 써 준 띠지와 신문 서평 덕분에 조금 팔리긴 했지만 대부분의 서점에서는 상대조차 해 주지 않았다. 이런 경험 탓인지 북 디자이너로 자리를 잡고 나서도 서점 직원에게 말을 거는 것이 여전히 겁났다. 내 책이 보이면 괜히 팔리지도 않는 책을 진열하게 만들어 미안한 마음까지 들었다.

　그런데 2007년에 전환점이 되는 사건이 있었다. 그 무렵 『나카무라야의 보스』中村屋のボース, 『펄 판사』パール判事 등을 쓴 정치학자 나카지마 다케시 씨가 홋카이도대학에 부임하면서 삿포로로 이사를 가게 됐다. 부임 초기에는 빨리 오사카나 도쿄로 돌아가고 싶다고 자주 우는소리를 했다. 오사카의 사람 냄새 나는 상점가와 교토의 괴짜들이 몰리는 교토대학교 주변, 그리고 인도에서 오지랖 넓은 사람들과 부대끼며 자란 그에게 신도시 아파트에 살면서 집과 학교만 오가는 생활은 견디기 힘들었을 것이다. 그런데 그가 언젠가부터는 삿포로도 생각보다 나쁘지 않다며 한번 놀러 오라고 말하기 시작했다. 그러면서 자주 언급

한 곳이 '구스미책방'이라는 곳이다. 나카지마 씨는 그 책방과 주인에 완전히 반해 처음에 살던 아파트를 정리하고 책방 바로 근처로 이사해 버렸다. 이사까지 감행할 정도로 매력적인 서점이라면 도대체 어떤 곳일까? 그 얼마 후 나카지마 씨의 권유대로 홋카이도에 놀러 갔다. 삿포로에서 두 정거장 떨어진 고토니라는 곳에 있는 나카지마 씨의 새 집에 짐을 풀고 바로 구스미책방으로 향했다. 시끌벅적한 거리를 따라 10분 정도 걷자 큰 교차로 모퉁이에 있는 책방이 보였다. 겉보기에는 어디에나 있을 법한 평범한 동네 책방이었다. 그러나 안으로 들어가자 「대체 왜?! 안 팔리는 문고본 모음전」, 「주인아저씨의 참견―중학생들아, 이걸 읽어라! 기획전」 등 다른 책방에서 볼 수 없는 독특한 기획의 매대가 가득했다. 그렇다고 편집 숍처럼 취향을 강요하거나 거북한 분위기는 전혀 아니었고 잡지, 만화, 문구류도 딱 평범한 정도로 있었다. 손님도 아저씨, 아주머니, 학생, 주부, 노인, 아이 할 것 없이 폭넓은 걸로 보아 지역 주민에게 사랑받는 책방임을 알 수 있었다.

주인 구스미 구니하루 씨는 큰 키에 안경을 쓰고, 스웨터에 앞치마를 두른 차림을 하고 언행이 상냥해 어린 시절 읽었던 그림책 속 책방 아저씨를 떠올리게 했다.

"나카지마 씨 책 말고 다른 책은 어떤 걸 디자인하셨어요?"

내가 몇몇 책 제목을 대자 하나하나 메모를 하더니 "바로 주문할게요!" 하고 힘차게 말했다.

그때부터 그는 내가 삿포로에 방문할 때마다 서점 지하에 있는 '소크라테스의 카페'에 사람들을 불러 모아 내가 디자인한 책에 관해 이야기하는 토크 이벤트를 열어 주었다. 그것이 나의 첫 서점 이벤트였다. 그때까지는 사람들 앞에서 내 작업에 관해 이야기해 본 적이 거의 없었는데, 채택되지 않은 B컷의 디자인 시안을 보여 주며 그에 얽힌 비하인드 스토리를 들려주면 박장대소가 터져 나왔다.

당시 1년에 한 번 정도 각지에서 내가 그린 펜화 전시회를 열고 있었다. 2008년에는 삿포로에서 개인전을 열려고 시내에 있는 갤러리와 전시장 몇 곳을 둘러봤는데 좀처럼 마음에 드는 장소가 없었다. 마지막에 구스미책방에 들러 커피 한잔 얻어 마시고 있는데 구스미 씨가 "우리 가게라도 괜찮으면 여기서 하실래요?"라고 말했다. '소크라테스의 카페' 안쪽에 오랫동안 창고로 써 온 세 평 정도 되는 작은 방이 있다는 것이다. 살펴보니 벽도 하야니 깨끗했고 복도 쪽으로 근사한 쇼윈도까지 나 있었다. 먼지를 털어내고 조금만 정리하면 전시장으로 쓰기 충분해 보였다. 서점에서 개인전을 할 줄은 꿈에도 몰랐는데 작품을 진열해 놓고 보니 몇십 년 전부터 원래 화랑이었던 듯 근사했다. 공간은 작았지만 홋카이도 전역에서 많은 손님이 와서 대성황을 이루었다.

그 후에도 구스미 씨와는 꾸준히 연락하며 지냈다. 도쿄에서 만나 차를 마시기도 했다. 그 사이 구스미책방은 경영난으로 정든 고토니를 떠나 오야치로 이전했고, 그 후로도 몇 번의 위기를 잘 이겨냈지만 결국 2015년 6월에 많은 이들의 아쉬움 속에서 문을 닫았다. 그래도 구스미 씨는 응원해 준 사람들을 생각해서라도 책방을 다시 열겠다며 새로운 서점을 구상했었다. 책을 직거래로 받겠다, 아동용 도서를 제대로 갖추겠다, 작지만 동네 사람들의 사랑방 같은 공간을 만들겠다는 등의 계획을 세우기도 하고 직거래 방식으로 운영하는 교토의 어느 서점에 조언을 구하러 가기도 했다.

하지만 2016년 봄에 구스미 씨는 큰 병에 걸려 시한부 선고를 받았다. 그리고 계획을 실행해 보지도 못한 채 이듬해 여름, 세상을 떠나고 말았다. 새 책방에서 책 전시

회와 북 토크 이벤트를 합시다, 하던 약속을 못 지키게 된 것이 안타까울 뿐이다.

2012년, 나는 요코하마에서 교토로 이사했다. 수도권을 떠나 이 도시에 살게 되면서 서점계 사람들과도 부쩍 가까워졌다. 그 계기 중 하나가 교토와 도쿄 지유가오카에 거점을 둔 출판사 '미시마샤' 덕분이다. 미시마샤의 회식이나 송년회 때는 간사이 지역의 서점 관계자들이 우르르 모인다. 미시마샤의 교토 사무실은 바닥을 파서 만든 전통적인 고타쓰*와 툇마루가 있는 고풍스러운 단독주택이다. 술을 마실 때는 책장을 옆으로 눕혀 간이 테이블을 만들고 그 위에 선물로 들어온 술과 안주를 늘어 놓는다. 편집자와 작가들의 아이와 부인까지 모이는 터라 꼭 제삿날 시골 친척 집 같은 풍경이 연출된다. 대형서점 사람, 개인서점 사람 할 것 없이 술잔을 기울이며 잡담을 나누다 보면 서점 이름보다는 서점원 개개인의 얼굴이 보인다.

그 자리에서 주고받은 아이디어로 재미있는 이벤트도 참 많이 성사되었다. 서점 한쪽에 내가 작업하는 공간을 재현해 전시한 적도 있고, 인도 요리를 만들어 일일 카페를 운영한 적도 있고, 향신료 워크숍을 열어 매장 안을 연기로 가득 채우기도 했다. 함께 즐거운 일을 구상하는

---

* 일본 전통 난방 장치로 숯불 등의 열원 위에 틀을 놓고 그 위로 담요나 이불을 덮어 사용한다.

든든한 서점 관계자 친구도 많이 생겼다. 그들과 함께 여러 이벤트와 기획전을 열다 보니 어느새 서점에 대한 두려움도 사라졌다. 오히려 책과 독자를 연결해 주는 서점이 내 일터와 맞닿아 있다고 생각되었다.

따지고 보면 모든 게 구스미책방의 구스미 씨 덕분이다. 내 인생을 바꾼 고마운 인연이다. 구스미 씨는 내 제안에 한 번도 부정적으로 반응한 적이 없다. 언제나 온화한 얼굴로 고개를 끄덕이며 "좋은데요! 해 보죠"라고 말해 주었다. 그의 장례식에서 만난 어느 도서관 사서도 같은 말을 했다. "구스미 씨는 어떤 아이디어나 계획에도 한 번도 싫은 내색하는 법 없이 늘 응원해 주셨어요."

서점은 책을 팔아 출판 경제를 지탱하는 그런 장소만은 아니다. "사람과 사람이 만나 책을 통해 하나의 시선으로 이야기하는 장소죠." 구스미 씨는 이제 없지만 지금도 여전히 내게 가르쳐 주고 있는 것 같다.

책은 함께 만드는 것

"교토에서 사진을 찍는 사람이 있는데 나이도 딱 동갑이고 한번 만나 볼래요?"

쇼분샤 출판사 편집자인 사이토 씨의 소개로 요시다

아키히토 씨를 처음 만난 것이 4년 전이다. 우리는 번화가 시조에 있는 태국 요리점에서 처음 만나서는 10년 만에 재회한 친구처럼 몇 시간이고 질리지도 않고 이야기를 나누었다. 그는 가방이 불룩해지도록 사진을 챙겨 왔지만 한 장도 꺼내지 않았고, 나도 북 디자인에 관한 이야기는 거의 하지 않았다. 나는 10대 때 학교를 그만두고 그림을 그리기 시작했고, 요시다 씨는 초등학교 교사직을 그만두고 사진을 찍기 시작했다. 우리는 나이가 같다는 것 말고도 학교라는 곳에서 낙오했다는 독특한 공통점이 있었다. 왜 사진작가가 되었냐고 물었더니 "아내가 교사 대신 사진작가를 해 보라고 해서요"라며 웃었다. 유명한 사진작가의 작품을 보고 충격을 받았다거나 학창 시절부터 카메라가 유일한 친구였다는 식의 대답을 예상했던 나는 당황했다. 그는 사진 공부는커녕 카메라조차 없었다. 사진깨나 찍는다는 이웃집 아저씨에게 물어 동네 가전제품점에서 저렴한 카메라 한 대를 샀다. 하지만 찍을 게 없었다. 뭘 찍어야 할지 모르겠다고 하자 친구가 말했다.

"모름지기 사진을 찍으려면 인도에 가야지."

요시다 씨는 그 말을 곧이곧대로 듣고 별 생각도 없이 인도로 떠났다. 작열하는 태양 아래에서 자전거로 북인

도를 여행하며 눈에 띄는 장소나 사람이 있으면 무조건 셔터를 눌렀다. 사진은 나날이 쌓이는데 그걸로 어떻게 돈을 벌어야 할지는 몰랐다. 귀국 후 한동안 빈둥거리다 아내의 잔소리에 못 이겨 밑져야 본전이라는 심정으로 신인 만화가처럼 출판사에 사진을 돌리러 다녔다. 출판 불황 시절이라 과연 이런 식으로 사진을 팔 수 있겠나 싶었지만, 모 잡지 메인 그라비아 페이지에 사진이 실리게 되었고 그 후로도 순조롭게 다른 매체의 촬영도 맡게 되었다. 지금은 월간 『예술신조』芸術新潮, 소셜&에코 매거진 『소토코토』 ソトコト, 『내셔널 지오그래픽』 등의 유명 잡지에 사진을 싣고 있다. 일본에서 많은 상을 수상했고 해외에서도 주목받는 무서운 신진 사진작가가 되었다. 교사 생활을 그만둔지 불과 4년 만의 일이다.

사진작가라고 하면 아무래도 자기주장이 강한 사람이 많은데 요시다 씨는 싹싹한 스타일이다. 맛이 깔끔하고 목 넘김이 좋으면서도 개운해 모두에게 사랑받는 맥주 같은 캐릭터. 작품도 작품이지만 그 붙임성 있는 성격에 반해 누구라도 응원하고 싶어질 것이다.

나는 어릴 때부터 카메라 앞에 서는 게 고역이었는데 그를 몇 번 만나면서 이 사람이라면 괜찮지 않을까 하

는 생각이 들었다. 그 후 쇼분샤에서 출판한 『우연히 북 디자이너』偶然の裝丁家에 실을 사진을 그에게 맡겼다. 작업하는 모습이나 동네 거리를 배경으로 찍은 사진들이 무척이나 마음에 들었다.

2014년에 요시다 씨의 첫 사진집 『브릭야드』Brick Yard의 디자인을 맡았다. 이 사진집은 그가 붉은 흙과 모래 먼지를 뒤집어쓰며 방글라데시의 벽돌공장을 촬영한 것이다. 흑백사진이지만 노동자의 강인한 육체와 강렬한 눈빛에서 눈부신 생명력이 느껴지는 훌륭한 작품이다.

"전형적인 사진집의 틀을 벗어나 손으로 만든 투박한 느낌의 사진집을 소량의 부수로 한정해 만들고 싶어요."

이것이 그의 희망 사항이었다. 사진작가 아라키 노부요시는 회사원 시절, 회사에 있는 제록스 복사기를 이용해 70부 한정으로 수제본 사진집을 만들어 돌렸다고 한다. 자기도 그런 식으로 사진집을 만들어 사람들에게 나눠 주고 싶다는 것이다.

둘이서 사진을 보고 의견을 나누며 새로운 스타일의 책을 구상했다. 본문은 신문지처럼 거슬거슬한 느낌의 종이에 먹 단도*로만 인쇄하기로 했다. 책을 폈을 때 아이들 여럿이 붙어 들여다볼 수 있을 만큼 커다란 타블로이드 판

---

* 먹K 1도라고도 한다. 검은색 한 가지 잉크로만 인쇄하는 것.

59

형으로 하면 어떨까, 표지는 두께감이 있는 거친 벽돌색 종이에 검은색과 흰 잉크로 인쇄하자…… 거기까지 정했을 때 제작 예산이 바닥나 버렸다. 단가를 낮추려 부수를 100부에서 200부로 늘려 봐도 어림없었다. 우리가 원하는 대로 만들려면 판매가가 5천 엔이 훌쩍 넘었다. 기껏 투박한 느낌으로 만드는데 가격이 터무니없이 비싸면 모양새가 나쁘다. 하지만 책 모양을 포기할 수는 없었다. 고육지책으로 제본을 직접 하기로 했다.

"우리 둘이서 200부나 제본할 수 있을까……."

몇 주 앞으로 다가온 요시다 씨의 전시까지 적어도 100부는 준비해야 했다. 낮에는 각자 본업이 있으니 밤에 작업할 수밖에 없었는데 아무래도 역부족일 것 같았다. 우리는 부랴부랴 SNS와 주변의 지인을 통해 '요시다의 사진집을 제본하는 모임'이라는 오픈 워크숍 참가자를 모집했다. 장소는 미시마샤 출판사가 운영하는 서점이었다. 사전 예약 없이 아침부터 밤까지 원하는 시간에 와서 각자 하고 싶은 만큼 제본하면 되는 방식이었다. 최소 1권부터 그 이상은 몇 권이라도 상관없다. 인쇄소에서 온 본문과 표지를 하나로 묶어 클립으로 고정하고 구멍을 뚫어 실로 꿰매는 단순한 작업이지만, 흩어져 있던 종이 다발을 직접 손으로 묶어 책으로 만드는 기쁨은 생각보다 크다. 첫 책을 제본한 참가자가 환성을 질렀다. 단조로운 작업이라 금방 질리지 않을까 했는데 다들 한 권 한 권 즐겁고 정성스럽게 제본해 주었다. 제본용 실도 여러 색깔을 준비해 사람마다 실 색깔도 다르고 바느질 간격도 제각각이다. 책등의 바늘땀도 전부 개성이 넘쳐 같은 책은 한 권도 없었다. 이렇게 손맛이 느껴지는 작업을 제본소에 의뢰하면 오히려 요금이 어마어마해질 것이다.

워크숍이라는 이름이 무색하게 주최자이자 강사인 우리는 허술하기 짝이 없었다. 나는 구멍 뚫는 송곳을 두드릴 나무망치를 깜박하고 집에 놓고 왔다. 급하게 근처 생활용품점에 사러 가려고 하자 "이 정도면 되지 않겠어요?"라며 요시다 씨가 미시마샤 마당에 나뒹굴던 적당한 크기의 돌을 주워 탕탕 두드리기 시작했다.

"우와, 돌로 두드리는가 봐요? 제본용 돌인가요?"

어느 참가자가 진지하게 묻기에 "아니요, 여기 마당에서 주운 걸로……"라고 털어놓자 웃음이 터져 나왔다. 두 강사가 이렇게 미덥지 못한 탓인지 참가자들은 처음에만 나나 요시다 씨에게 설명을 듣고 나중에는 스스로 요령을 익혀 작업하기 시작했다. 새로 온 사람에게 방법을 가르쳐 주기까지 했다. 재미있는 상황이었다. 주최자가 신경을 쓰지 않아도 참가자끼리 서로 방법을 공유하며 척척 만들고 있었다. 하루라는 짧은 시간이었지만 서로 배우고 물어보는 모습이 마치 작은 공방에 와 있는 듯했다. 하긴 '워크숍'이란 말에는 원래 '공방'의 의미도 있다. 결과적으로 이 시도는 대성공이었다. 수십 명의 사람이 100권이 넘는 책을 제본해 주었다.

완성된 사진집 『브릭야드』는 내용도 내용이고 제작 방식도 높이 평가되어 순식간에 완판되었다. 2015년에 열린 파리 포토 박람회의 '포토 북 어워드'에서는 전 세계에서 모인 수천 권의 사진집 중에서 최종 후보에 오르기도 했다. 프랑스를 비롯한 각국 사람들이 손으로 만든 느낌과 사진 내용이 잘 어울린다며 칭찬해 주었다. 출간 당시 정가가 3,500엔이었는데 지금은 프리미엄이 붙어 몇만 엔에 판매하는 해외 사이트도 있다고 한다.

예산과 시간 부족으로 어쩌다 수제본을 택하게 됐지만 처음부터 의도했다고 말하고 싶을 만큼 제작자에게나 독자에게나 행복한 사진집이 되었다. '일하는 사람'을 주제로 방글라데시 직공들을 찍은 요시다 씨의 사진이 평범한 일본 사람들의 손에서 한 권의 책으로 태어나며 그들

사이에 책이라는 하나의 커다란 고리가 생겨났다. 북 디자이너로서의 내 역할은 아주 사소했다. 종이 다발에 책이라는 생명력을 불어넣은 건 그 자유분방했던 워크숍 참가자들이었다.

하고 싶어서 하는 일, 시켜서 하는 일

"나 학교 가기 싫어."

초등학교 1학년인 딸이 처음 그런 말을 꺼낸 건 1학기가 시작된 지 한 달도 지나지 않았을 때였다. 하긴 나도 초등학생 때 툭하면 학교를 빠지다 결국 중학교 1학년 때 학교를 관두었으니 내 딸도 비슷하지 않을까 하는 예감은 했었다. 아무리 그래도 그날이 이렇게 일찍 올 줄이야. "학교에 다니지 않았지만 책 만드는 일을 직업으로 삼게 된 사람"으로 소개되곤 하는 나도 초등학교 1학년 때는 학교를 아주 좋아했다. 어머니는 내가 유치원에서 초등학교로 올라갈 때 '얘는 학교랑 잘 안 맞는 거 아냐?' 하고 걱정을 했다지만 나는 의외로 학교에 갈 날만 기다렸다. 딸도 초등학교에 올라가기 전에는 학교에 가서 수업 들을 걸 기대하고 있었다. 책을 좋아하는 딸은 학교에 가면 책도 많이 읽고 새로운 경험도 많이 할 수 있으리라 생각해 말 그대로 팔짝팔짝 뛰며 입학식 날만 손꼽아 기다렸다. 하지만 그 반짝이던 마음이 순식간에 산산조각이 난 것 같다.

왜 학교에 가기 싫으냐고 물었더니 규칙만 잔뜩 있고 답답한 학교생활이 마음에 들지 않는다는 불평이 슬핏슬핏 나온다. 입학식을 한 지 일주일도 되지 않아 선생님이 매일 숙제를 내서 받아쓰기, 산수 풀이, 낭독 등 해야 할 숙제가 많단다. 학교라는 낯선 공간에서 반나절만 있어도 힘들 텐데 집에 돌아와도 공부가 기다리고 있다니. 내가 아이라도 힘들 것 같았다.

숙제란 원래 시대를 막론하고 프린트 빈칸을 채워 나가는 단조롭고 지루한 작업이다. "아빠도 초등학교 6년 동안 숙제를 한 번도 안 해 갔어. 그런 건 너무 신경 안 써도 돼"라며 딸을 격려했지만, 딸아이는 고지식한 면이 있어 "선생님이 숙제는 꼭 해 와야 한다고 하셨어" 하며 내 말을 안 들었다. 숙제를 못 하고, 숙제를 못 하니 야단을 맞고, 야단맞기는 싫으니 학교에 가기 싫다는 것이다. 본말이 전도된 얘기지만 본인에게는 심각한 문제일 테다.

숙제는 안 해도 딸아이는 책벌레라 매주 학교 도서관이나 구립 도서관, 어린이 문고 등에서 산더미처럼 책을 빌려 왔다. 집중력도 좋아서 내버려 두면 몇 시간씩 책만

붙들고 있었다. 어느 날 집 앞 골목길에서 만난 이웃 할아버지가 내게 말했다.

"그 집 꼬마 아가씨가 여간 똑똑한 게 아니야. 편지를 어찌나 잘 쓰는지."

나도 아내도 몰랐는데 딸이 서툰 글씨로 편지를 써서 이웃집 열 몇 곳의 우편함에 넣고 다닌 모양이었다. 나는 우리 아이가 천재인 양 감격했다. 그런 따분한 숙제가 다 무엇인가. 책을 읽고 편지를 쓰는 것이 가장 좋은 복습이다. 선생님이나 부모가 시켜서 한 게 아니라 하고 싶어서 스스로 했다. 이 이상의 숙제가 어디에 있을까.

그러나 담임교사는 숙제를 해 오지 않는 딸을 계속해서 나무랐다. 화이트보드에 이름을 써 어떤 아이가 숙제를 몇 번 안 해 왔는지 체크하기 시작했다. 나름대로 즐겁게 학교생활을 하던 아이에게 교실은 하루아침에 숨 막히는 곳이 되어 버렸다.

나는 마음먹고 담임교사에게 상담을 요청했다. 아이를 그만 혼냈으면 좋겠다, 집에서 이러이러하게 지내고 있으니 숙제를 해 오지 않는다고 무조건 야단칠 것이 아니라 자기 스스로 하는 소박한 공부를 인정해 달라고 부탁했다. 하지만 교사는 조금도 물러서지 않았다.

"아버님의 교육 방침은 잘 알겠습니다. 가정에서의 복습은 자유롭게 하세요. 하지만 학교 숙제는 하도록 가르쳐야죠. 1학년 때부터 하기 싫은 일도 참고 하는 습관을 길러 줘야 합니다. 첫 단추를 잘 끼워야 해요."

아연실색했다. 아무리 좋아하는 일이라도 그 안에 크건 작건 하기 싫은 일은 따라다닌다. 하지만 그것이 왜 싫은지 정확히 알지도 못하면서 무작정 참고 넘기는 것은 배움의 가장 큰 걸림돌이다. 애당초 아이의 시간은 어른의 행동을 익히기 위한 기간이 아니다. 아이의 하루는 그 순간에만 볼 수 있고 느낄 수 있는 것으로 가득하다. 그것을 제쳐 두고 무엇을 배워야 한단 말인가.

교사는 더욱 이상한 소리를 했다.

"하기 싫은 일을 참지 못하는 아이는 소통 능력이 떨어집니다."

그때까지 얌전히 이야기를 듣고 있던 나도 무심코 언성을 높이고 말았다.

"네? 그게 무슨 말씀이세요?"

"얼마 전 수업 중에 반 아이들 전원이 다수결로 무슨 놀이를 할지 정하는데, 따님이 아무 놀이도 하기 싫다고 해서 다들 곤란했습니다."

"선생님, 왜 그 놀이를 하고 싶지 않은지 딸아이에게 물어보셨나요?"

"아뇨, 그건 묻지 않았습니다."

"그럼 제 딸이 소통 능력이 떨어지는 게 아니라 선생님의 소통이 부족했던 거 아닐까요?"

잠깐 침묵하던 그가 나지막이 말했다.

"그렇다고는 생각하지 않습니다."

대화는 평행선만 달리다 끝이 났다. 타인과의 의견 차이를 인정하고 자신의 의견을 솔직하게 말할 수 있는 관계를 만드는 것이 소통의 대전제다. 하지만 그 담임교사를 포함한 많은 일본인이 자신의 의견이나 감정을 억눌러서라도 울퉁불퉁한 걸 둥글게 깎아 집단의 조화를 유지하는 것이 좋은 커뮤니케이션이라고 여기는 경향이 있다.

언젠가부터 '눈치가 없다'라는 말이 아무렇지 않게 사람들의 입에 오르내린다. 집단 속에서 분위기 파악을 못하고 제 마음대로 행동하는 사람을 비꼬는 말인데, 나는 예전부터 이 말이 거슬렸다. 다른 나라에서 살아 본 사람이라면 알 것이다. 눈치 없는 사람이 있기 마련이다. "저 녀석은 눈치가 없어"라고 무턱대고 타인을 비판하는 사람이야말로 다종다양한 사람들이 살아가는 이 풍요로운 세계를 옥죄는 장본인이다. 다른 사람의 톡톡 튀는 말은 무조건 억누르고 싹을 자른다. '알아서 기다'나 '몸을 사리다' 같은 말도 비슷한 맥락이지 않을까. 그러한 사회의 암묵적인 룰을 참고 따르는 것이 한 걸음 한 걸음 어른이 되는 연습이라면 아이들에게서는 어떤 희망의 말도 발견할 수 없다. 하지만 한편으로는 교사의 고충도 이해된다. 나 같은 부모를 상대하는 것을 포함해 교사에게 부과된 일은 너무나 많다. 그는 분명 매일 밤늦게까지 학교에 남아 싫은 일을 감내하며 이상적인 교사, 이상적인 학급을 꿈꿀 것이다. 그 목표에 엇박자를 내는 아이는 용납할 수 없을 것이고. 그것은 이 교사 한 사람만의 문제가 아니라 이 답답한 일본 사회 전체의 문제일지도 모른다.

내가 초등학교 1학년이던 무렵, 나는 신문 만들기에 푹 빠져 있었다. 파란 모눈종이에 선을 그어 로고와 제목을 쓰고 친척과 친구들을 인터뷰해 기사를 썼다. 만화와 퀴즈 코너도 있었다. '다몬多聞 신문'이라고 이름 붙인 그 신문을 가족부터 시작해 부모님이 운영하시던 담배 가게 손님들과 이웃에게 나누어 주었다.

요즘은 편의점에만 가도 고성능 복합기가 있지만, 과거에는 큰 회사나 공공시설, 특별한 가게에 가지 않으면 복사기를 구경하기도 힘들었다. 그런데 1980년대 중반부터 우리 동네에도 간편하고 저렴한 '10엔 복사' 가게가 하나둘 생기기 시작했다. 내가 쓴 걸 순식간에 그대로 복제할 수 있는 복사기는 꿈같은 물건이었다. 과자 가게라도 가듯 설레는 마음으로 복사 가게에 드나들던 기억이 난다. 돈을 내고 전원을 켜면 우우웅 하는 소리와 함께 배기구에서 뜨거운 바람이 나온다. 원고 받침대에 복사할 원본을 올리고 스타트 버튼을 누른다. 쇠가 지글지글 타들어 가는 듯한 냄새와 눈을 찌르는 밝은 불빛. 복사되어 나온 종이는 손이 델 만큼 뜨겁다. 잠깐 식혔다가 따끈따끈한 종이 다발을 품고 집으로 돌아간다. 그 모든 과정이 기쁨과 흥분으로 뇌리에 박혀 있다. 인도에서 미친 듯이 편지를 쓰기 훨씬 전, 이미 그때부터 종이에 뭔가를 써서 여러 장으로 복사해 사람들에게 나누어 주는 놀이는 시작된 것이다. 그 하나하나가 지금의 내 일과 연결되어 있는 것 같다.

프랑스 교육자 셀레스탱 프레네는 아기가 뒤집고 기고 일어서고 아장아장 걷듯 모든 배움은 저절로 체득할 수 있다고 생각했다. 교사의 방침이나 교과서, 숙제 안이 아니라 아이가 뒤뚱거리며 앞으로 나아가려고 하는 바로 거기에 배움이 있다. 바르고 옳은 어른이 되려고 하는 것이 아니라 차례차례 펼쳐지는 처음 접하는 세상을 보고 싶은 것이다. 손이 나가고 몸이 움직인다. 약간의 시행착오도 있을 테고, 생각대로 되지 않는 일도 있을 것이다. 하지만 아이들은 그런 건 안중에 없다. 눈치 같은 건 보지 않는다. 왜냐하면 그것이 너무나 즐겁기 때문이다.

적게 만들어 적게 팔다

최근 몇 년간 타라북스를 취재해 왔다. 타라북스는 남인도 첸나이에 위치한 출판사로 독특한 책을 많이 만드는 곳이다. 그중에서도 수작업으로 만든 그림책은 공예품처럼 아름답다. 직접 만든 종이에 실크스크린 기법으로 인쇄해 한 권 한 권 손으로 제본한다. 세계 각국의 북 페어와 그림책 상賞의 주목을 받으며 애서가들을 매료시키고 있다. 10년 전부터 타라북스의 팬이었던 나는 마침내 『우리는 작게 존재합니다』라는 책을 공저해 일본에 소개했다. 타라북스는 편집자와 영업자, 인쇄·제본 직공 등 직원이 모두 합쳐 쉰 명도 되지 않는 작은 출판사다. 핸드메이드 그림책은 직공 스무 명이 한꺼번에 매달려도 한 달에 1,000부밖에 만들지 못한다. 다양한 언어로 번역판이 나오면서 전 세계에서 주문이 쇄도해도 제작 규모나 속도를 바꾸려고 하지 않는다. 직공을 두 배로 늘리면 책도 두 배로 만들 수 있겠지만 그렇게 하는 순간 본래의 것과는 다른 것이 된다. 다행히 직원들은 이 방식에 만족하고 있다. 비약적인 경제 성장으로 소비가 넘쳐나는 인도 사회에서 이 '작게 존재하기'를 지켜 나가기란 쉽지 않은 일이다.

그들의 책 만드는 방식에 관해 글을 쓰면서 나는 몇 번이나 생각에 잠겼다. 마감에 쫓겨 무리한 스케줄을 감당하고 있는 나 자신에게 넌더리가 났다. 도대체 무엇을 위해 계속해서 책을 만드는가. 이것이 줄곧 내 안에서 맴돌던 근본적인 질문이었다. 작고 느려도 좋다. 다른 사람의 책을 디자인하는 데 그치지 말고 직접 책을 만들어 독자에게 전하고 싶었다. 이대로 가다가는 정신과 일의 균형이 무너져 어디로 가는지도 모른 채 그저 휩쓸려 다닐 것 같아 두려웠다.

그러던 차에 산린샤 출판사의 나카오카 씨가 '책과의 토요일'이라는 북 마켓에 나가 보면 어떻겠냐고 제안했다. 도쿄 니혼바시에 있는 베타라 스탠드Bettara Stand라는 독특한 이벤트 공간에서 매달 하나의 주제로 여러 사람이 책을 판매하는 행사였는데 그 달의 테마가 '인도'였다. 나는 흔쾌히 승낙하고 내가 소장하던 인도 책과 타라북스의 그림책 등을 모아 참가하기로 했다.

그런데 기존에 있는 책을 파는 것만으로는 재미가 없을 것 같았다. 예전부터 막연히 상상하던 문고본을 직접 만들어 보기로 했다. 함께 이벤트에 참가하는 친구에게 제안해 '암북스'ambooks라는 출판사를 만들어 세 종류의 책을 각각 10권씩만 제작했다. POD*로 인쇄하면 1권을 만드나 100권을 만드나 단가가 같다. 혹시 다 팔리면 다시 10권씩 증쇄하면 된다는 마음으로 가볍게 시작했다.

그날 '책과의 토요일' 북 마켓은 엄청난 성황을 이루어 우리 책은 순식간에 매진되었다. 적자가 아니라 다행이라며 태평하게 기뻐하고 있었는데, 다음 날 아침 SNS상에서 작은 소동이 벌어졌다. 북 마켓에서 책을 산 어느 분이 이런 책을 샀다며 사진을 올렸나 보다.

"이 책 뭐야? 어디서 팔아?"

"인터넷에 검색해도 아무것도 안 나와."

"나도 갖고 싶어!"

타임라인은 댓글로 가득 찼고 문의 메일이 쇄도했다. 인터넷으로 검색만 하면 못 살 책이 없고 주문하면 바로 다음 날 집 앞에 도착하는 요즘 세상에 검색해도 나오지 않는 책은 어떤 의미로는 희소가치가 있었다. 나는 50

---

* 디지털 인쇄기로 고객의 주문만큼만 책을 제작해 주는 서비스. 다품종 소량 인쇄에 적당하다.

부쩍 더 찍어 온라인 판매를 시작했다. 얼마 후 잡지 『여행자』旅行人 발행인이자 작가이기도 한 구라마에 진이치 씨가 자신의 블로그와 주간지 연재 칼럼에 「초판은 10부」라는 제목으로 우리 책 이야기를 소개해 주었다. 그 뒤 오프라인 서점에서 입고하고 싶다는 문의가 쏟아졌다. 그런데 일반적인 도매 방식 말고 좀 특이하게 팔아 보기로 했다. 전국 47개 행정구역에서 행정구역당 딱 한 군데 점포에만 입고시키는 것이다. 판매권은 선착순이고, 서점이든 카페든 똑같이 70퍼센트 매절 조건이었다.

요즘 들어 각지에 작은 편집 서점이 늘었다. 하지만 이른바 '작은 책방' 업계에도 유행이란 게 있어서 갖춰 놓는 책의 라인업이 비슷비슷해지기 쉽다. 그것이 나쁘다는 건 아니지만 조류에서 약간 벗어나 '이 지역 사람은 이 가게에 가야만 구할 수 있는' 책이 한 권쯤 있어도 괜찮지 않을까 하는 것이 애초에 인터넷으로 검색해도 일절 나오지 않아 화제가 된 이 시리즈에 어울리는 판매 방법 같았다.

'적게 만들어 적게 파는' 실험은 서점 관계자들의 호평 속에 지금은 전국 14개 행정구역에서 판매되고 있으며, 세 책의 누계 판매 부수는 800부를 넘었다(2018년 6월 기준). 처음에 소박하게 각 10부로 시작해 볏짚 부자**처럼 조금

** 　볏짚 한 가닥을 점점 더 고가의 물건과 바꾸다 마침내 아내도
　얻고 대부호가 된다는 일본의 설화에서 비롯된 표현이다.

씩 중쇄를 찍다 보니 이런 결과가 나왔다. 이렇게까지 팔릴 줄은 몰랐다.

이 시리즈의 책에는 다른 책에는 없는 특별한 점이 한 가지 더 있다. 일반적으로 유통되는 책은 출판사와 저자, 유통사, 서점의 이익이 거의 정해져 있다. 예를 들어 1,500엔짜리 책을 저자가 출판사에서 직접 구입해 직접 판매할 경우 인세 150엔과 정가에서 저자 할인을 받은 차액인 200엔 정도의 이익만 남는다. 그중 인세는 한참 지나야 받으니 저자가 이벤트에서 열심히 20권쯤 팔아도 교통비도 나오지 않을 때가 있다. 하지만 암북스의 문고 시리즈는 정가 1,500엔짜리 책의 경우 저자가 팔아도 600엔, 출판사가 팔아도 600엔, 서점이 팔아도 600엔을 벌게 되어 있다. 즉 이익 재분배가 유동적이라 책을 실제로 판 사람이 돈을 가장 많이 벌게 된다. 아주 단순한 구조지만 이 덕분에 저자를 통해서도 꽤 많은 책이 판매된다.

새로 책 판매처가 된 한 인도 음식점에서 첫 주문을 넣으며 "우리는 카레집이라 책을 많이 입고 못 해서 죄송해요" 하고 미안해했다. 나는 전혀 개의치 말라고 답했다. 조금씩 만드는 책인 만큼 많이 팔지 못해도 애정을 담아 진심으로 책을 소개해 준다면 그것으로 족하다. 만드는 사람, 옮기는 사람, 파는 사람 모두에게 '많이 팔지 못해도 된다'는 사실이 이렇게 정신적인 부담을 덜어줄 줄은 몰랐다.

재고를 쌓아 두지 않으니 창고 비용도 필요하지 않고 주문이 많지 않으니 본업을 하면서 틈틈이 발송해도 충분하다. 더불어 사는 세상에서 파는 사람과 사는 사람 모두에게 작은 행복을 준다면 책으로서 더할 나위 없지 않을까.

여신은 당신을 보고 있다

서인도 구자라트주에 있는 염색과 자수로 유명한 도시 아마다바드의 길거리에는 가로수에 기대어 천을 파는 남자가 있다. 그의 이름은 재그디시 치트라. 블록 프린트 장인이다. 손으로 문양을 조각한 나무 블록에 천연염료를 묻혀서 천에 찍어 무늬나 도안을 염색하는 블록 프린트는 옛날부터 활발하게 해 오던 염색 기법의 일종이다. 대부분의 장인이 그렇듯 그도 여러 대에 걸쳐 기술을 물려받은 '바가리' 공동체 출신이다. 인도에서 수작업 직공은 사회적 지위가 매우 낮다. 그중에서도 바가리는 최하층민에 속한다. 과거에는 불결한 존재로 여겨져 (불공을 드리려) 절에 발을 들여놓는 것조차 허용되지 않았다. 절에서 쫓겨난 그들은 커다란 천에 여신 문양을 물들여 그것을 그들만의 절이자 신앙의 근거지로 삼았다. 지금도 축제 철이 되면 바가리 장인들은 '여신의 천'을 주문받아 힌두교도나 주술사에게 도매로 판매한다.

재그디시 일가는 할아버지 대에 농촌을 떠나 도시 아마다바드로 옮겨 왔다. 좁은 공방은 남동생 가족의 거처이기도 하다. 목판을 조각하거나 인쇄할 때를 제외하면 염료 제조나 염색할 때는 자동차, 오토바이가 지나다니는 시끄러운 길거리에서 하고, 천을 빨 때는 천을 가지고 가까운 강으로 간다. 천을 말릴 때는 동네 담벼락에 널어서 말린다. 몇 번이나 염색하고 빨고 말리기를 반복해 완성한 천역시 큰길에 늘어놓고 판다. 타마린드나 서양꼭두서니 같은 식물로 물들인 천은 붉은 흙과 같은 적색과 칠흑 같은 먹색이 아름답다. 인도의 보물이라 할 수 있는 전통 공예지만 장인의 처지는 옛날과 크게 다르지 않았다.

재그디시 일가가 빛을 보게 된 계기는 타라북스였다. 타라북스는 재그디시와 함께 블록 프린트 천을 만들어 두꺼운 종이에 붙여 제단처럼 양쪽으로 펼치는 신전 형태의 그림책 『어머니 여신의 천』을 만들었다. 성스러운 분위기가 느껴지는 이 책은 그림책이라기보다 가지고 다니는 불상 같은 느낌이다. 타라북스가 제작한 다큐멘터리에서 재그디시는 이렇게 말한다.

우리가 일을 할 수 있는 건 다 여신의 은총 덕분입니다. 은총은 누구에게나 똑같이 쏟아지고 있어요. 이 책이 인도뿐 아니라 전 세계로 퍼져 나가 한 사람 한 사람 손에 든 작은 절이 되면 좋겠어요. 당신이 여신을 보고 있을 때 여신은 당신을 보고 있습니다.

몹시 인도다운, 또 힌두다운 표현이다. 그때부터 나는 무슨 일이 있을 때마다 마음속으로 이 말을 되뇐다.

몇 년 전부터 책이나 잡지에서 '소박한 생활'이라는 키워드가 자주 눈에 띈다. 집에 쌓인 불필요한 물건을 과감히 버리고 꼭 필요한 물건만 소유하는 '미니멀리스트'가 미래지향적이고 세련된 사람으로 소개된다. 동일본 대지진의 영향도 있을 것이다. 미국의 히피처럼 트레일러 하우스 같은 이동식 주택에 사는 사람, 전기나 연료를 자급자족해 지속 가능한 생활을 꾀하는 사람들도 늘어났다. 예전에는 개업하려면 꽤 많은 자금이 필요했던 음식점도 이동식 판매나 팝업 스토어, 점포 대여 등을 잘 활용하면 소자

본으로도 시작할 수 있다. 평일에는 직장에 다니고 주말에만 카페나 서점을 여는 사례도 드물지 않다.

인도와 중국은 앞으로 경제나 인구 면에서 더욱 규모가 커질 것이다. 반면 일본은 아직 버블 경제기의 호황을 꿈꾸는 사람도 있지만, 확실히 축소되고 시들어 가는 나라라고 생각한다. 아이는 줄고 고령자는 늘고, 예전처럼 미래를 보장해 주는 고용은 없어지고, 가진 자와 못 가진 자의 격차는 훨씬 벌어지고 있다는 건 굳이 경제학자가 아니라도 안다. 많이 일하고 많이 벌어 안락한 미래를 보장받기보다는 수입은 적더라도 좋아하는 일을 가늘고 길게 지속하며 가족과 함께하는 시간을 소중히 여기는 소박한 생활을 꿈꾸는 사람이 늘어나는 건 너무나 자연스러운 일이다.

내가 타라북스 출판사의 매력에 빠져 책까지 내려고 생각한 건, 그들의 일에 바로 그 '소박한 생활'의 힌트가 있기 때문이다. 암북스 때도 그랬듯 책을 만드는 데 있어서도 '소박한 생활' '소박하게 일하는 법'을 생각하고 실천하는 것이 이 암담한 시대를 밝히는 길처럼 느껴졌다. 그런 생각에 빠져 있을 때 들은 말이 재그디시의 말이었다.

당신이 여신을 보고 있을 때 여신은 당신을 보고 있습니다.

이 말이야말로 소박한 생활의 무한한 확장을 잘 표현해 준다. 예컨대 우리는 생활 속에서 많은 것에 둘러싸여 있지만 그것을 만든 사람이 누군지, 그들이 어떻게 일하고 생활하며 무엇을 보고 느끼는지 모른다. 무엇에 기뻐하는지 무엇에 슬퍼하는지를 모른다.

어릴 때 비스킷 하나가 만들어지기까지 얼마나 많은 사람의 손을 거쳤을까 상상하며 놀기를 좋아했다. 눈앞에 놓인 비스킷 재료가 표기된 포장지를 보며 머릿속으로 지구를 몇 바퀴나 돌았다. 밀가루, 버터, 달걀, 설탕, 비닐 포장지의 인쇄, 봉제, 원료인 석유……. 각각의 장소에서 이런 사람이 이런 하루를 보내고 있지 않을까 상상하다 보면 아무것도 아닌 비스킷이 무엇과도 바꿀 수 없는 보물처럼 느껴졌다.

채소를 살 때 마트에서 파는 평범한 대량 생산 채소와 지역의 젊은 농부가 고심해서 키운 유기농 채소를 놓고 고민할 때가 있다. 당연히 유기농 채소가 훨씬 비싸다. 같은 값이면 일반 채소는 두 배 이상 살 수 있다. 하지만 내가 그 농부라면? 농약을 치지 않고 궂은 날씨에 밤잠을 설치며 유기농 채소를 키운 게 나라면 채소를 그 값에 팔 수 있을까? 아니, 들인 수고를 생각하면 가격을 더 높이 매겼을 것이다.

서점에서도 마찬가지다. 내가 책 만드는 일을 생업으로 삼고 있는 이상 참 잘 만들었다, 애정과 수고가 많이 들어갔다, 싶은 책은 가능한 한 사려고 한다. 그 행동이 돌고 돌아 내 생활을 지탱해 주리라 믿는다. 소박한 생활을 지속하려면 그런 생활을 선택한 다른 사람들을 헤아리고 서로 지지해 주어야 한다.

쇼도시마에서 타라북스 이벤트를 열었을 때 참여자들과 함께 「여신의 천」 영상을 봤다. 모임이 끝나고 한 여성이 슬쩍 다가와 말했다.

"책이 너무 마음에 들어요. 저 이 책 살래요."

제법 비싼 책이라 꽤 부자인가 보다 했는데 그녀는 섬 끝자락에서 남편과 염전을 하는 사람이었다. 원래 기후시에 살다가 남편이 몸이 안 좋아 자연환경이 좋은 쇼도시마로 이사한 뒤 전혀 경험이 없던 소금 농사를 첫걸음부터 독학했다고 한다. 집 앞 해변에서 바닷물을 길어다 하루 종일 가마솥에 장작을 지피고 하나부터 열까지 직접 소금을 만든다고 했다. 소박한 생활의 실천자다.

"오늘부터 우리 집에도 여신님을 모시게 되어 너무 기뻐요."

책을 소중히 품에 안고 돌아가는 그녀의 뒷모습을 보며 인도와 쇼도시마가 보이지 않는 탯줄 같은 끈으로 연결되어 있다고 느꼈다. 그곳에 모인 사람 모두 그런 조화 속에 어우러져 있었다.

재그디시가 말한 '여신'을 책이나 작가, 독자 혹은 사람, 이야기, 우주라는 단어로 바꾸어도 좋다. 한 권의 작은 책을 통해 우리는 다른 사람과 이어질 수 있다. 누가 주고 누가 받냐 하는 것은 중요하지 않다. 책을 만드는 사람, 책을 읽는 사람, 모두 같은 지평에 서서 이 아름다운 세상을 함께 바라볼 수 있다면 그것으로 족하다.

야하기 다몬矢萩多聞
1980년 요코하마시 출생. 화가이자 북 디자이너이다. 중학교 1학년 때 학교를 그만두고 남인도와 일본을 반년씩 오가며 생활했다. 2002년부터 출판 업계에 몸담았으며 지금까지 약 450권이 넘는 책을 작업했다. 저서로 『우연히 북 디자이너』, 『다몬의 인도 이야기』たもんのインドだもん, 『우리는 작게 존재합니다』 등이 있다.

마루 밑에서

교정자 · 무타 사토코

빨간 색연필이 아니라 연필로

책 교정자라고 자기소개를 하면 흔히 "빨간 색연필로 틀린 곳을 고치는 일이죠?"라는 대답이 돌아옵니다. 나 역시 10년 전 이 일을 시작하기 전까지는 그렇게 생각했습니다. 같은 일을 하셨던 아버지가 접이식 칼로 빨간 색연필을 깎는 모습을 보며 자란 영향도 있을 것입니다. 2016년 방영되었던 드라마 『수수하지만 굉장해! 교열걸 고노 에쓰코』의 메인·포스터에도 출판사 교열부에 근무하는 주인공(이시하라 사토미 분)이 빨간 색연필을 들고 있습니다. 그런데 아버지와 같은 일을 하게 된 지금, 제가 빨간 색연필을 사용하는 경우는 거의 없습니다. 대신 초등학생 때 쓰던, 끝부분에 'B'나 'HB'라고 적힌 연필을 씁니다. 왜 빨간 색연필이 아니라 검은 연필을 쓰냐 하면 나중에 지울 수 있기 때문입니다.

교정은 책이 되기 전의 교정지를 보고 틀린 곳(오식)을 찾아내는 일입니다. 그런데 잘못된 것도 여러 종류가 있습니다. 알기 쉬운 예를 들자면 오탈자나 불필요하게 잘못 들어간 글자, 단어 오용, 고유명사나 숫자 오류 등이 있습니다. 또한 문장 속에 모순이 없는지, 뜻이 통하지 않는 부분은 없는지, 읽는 사람에게 상처를 주거나 오해를 불러일으킬 만한 표현은 없는지—마치 손바닥 위에 사과를 올려 놓고 상처는 없는지, 윤기가 나는지, 모양은 예쁜지, 향이나 당도는 어떤지 자세히 뜯어보듯—여러 각도에서 교정지를 읽습니다.

다만 '이건 오식 같다' '여기는 이렇게 바꾸는 게 좋지 않을까' 하는 생각이 든다고 해서 곧장 빨간 색연필로 표시하지 않습니다. 질문이나 제안은 모두 연필로 씁니다. 연필은 지우개로 지울 수 있습니다. 그건 편집자와 저자가 검토해서 불필요하다고 생각하면 지워도 된다는 뜻입니다. 빨간 색연필로 쓰는 것을 "빨간 글씨를 단다"라고 합니다. 빨간 글씨는 "이대로 수정해 주세요" 하고 인쇄소와 DTP 오퍼레이터*에게 주는 지시 사항입니다. 다시 말해 결정 사항입니다. 빨간 글씨를 다는 사람, 즉 결정을 내리는 사람은 편집자와 저자이며, 교정자에게는 그런 권한이 없습니다.

책 대신 그림이라고 생각해 볼까요. 그림을 보고 '데생이 이상하다' '오른손과 왼손이 반대다' '겨울 풍경인데 왜 벚꽃이 피어 있냐'라고 지적할 수는 있지만, 직접 다시 그릴 수는 없습니다. 그러면 그림은 더 이상 그 화가의 작품이 아닙니다.

---

*   PC를 이용한 전자 편집 인쇄 시스템DTP하에서 디자이너의 디자인을 근거로 편집자나 디자이너의 지시에 따라 교정지를 작성하거나 수정하는 사람.

'빨간 색연필로 잘못된 곳을 고치는 일'이라는 이미지는 자필 원고와 활판 인쇄 시절의 잔재인지도 모릅니다. 워드 프로세서와 컴퓨터가 보급되기 전에는 모든 원고를 손으로 썼습니다. 인쇄소에서 식자공이 원고를 보며 한 글자 한 글자 활자를 골라 판을 짭니다. 사람이 하는 일이라 실수도 있었습니다. 원고에는 '間'(간)이라고 쓰여 있는데, 교정쇄에는 모양이 비슷한 '問'(문)으로 되어 있기도 했습니다. 활자를 골라 판을 짜는 것을 '식자'植字라고 하고 이것을 잘못한 것이 '오식'誤植입니다. 이 '오식'을 원고대로 바로잡는 것이 '교정'이었습니다. 원고와 교정지를 한 자 한 자 비교해 서로 다른 곳이 있으면 교정지에 빨간 글씨를 답니다. 앞서 말한 예로 치면 '問'에 '間'이라고 빨간 글씨를 달아 고치는 겁니다. 연필로 쓰는 질문이나 제안과는 다르게 "반드시 이대로 고쳐주세요" 하는 지시이므로 잘못해서 지워지거나 하는 일이 없도록 빨간 색연필(또는 빨간 펜)로 씁니다.

요즘에는 대부분의 원고를 데이터로 주고받고 DTP로 교정지를 만듭니다. 원고와 교정지를 한 자 한 자 비교하는 교정은 부쩍 줄었습니다. 지금은 교정지만 놓고 보는 교정이 대부분입니다. 또한 인터넷이 일반화된 1990년대

이후에는 글자나 말의 오류뿐 아니라 사실 관계에 오류가 없는지를 체크하는 '교열'의 비중이 커졌습니다. 『수수하지만 굉장해! 교열걸 고노 에쓰코』는 이러한 교열에 초점을 맞춘 드라마입니다.

수련기

10년 전 처음 교정자로 일하게 된 곳은 그야말로 드라마에 나올 법한 대형 출판사 교열부였습니다. 맑게 갠 겨울 아침에는 후지산이 보이던 고층 빌딩 14층에 사무실이 있었습니다. 교정지를 올려 둔 독서대와 사전, 노트북이 놓인 책상이 몇 개의 섬을 이루고, 섬마다 '잡지' '문예' '아동서' 등으로 담당이 나뉘어 있었습니다. 사무실 한편에는 사람 키보다 높은 스틸 책장이 늘어서 있고 교열에 필요한 자료가 거기에 가득 꽂혀 있었습니다. 크고 작은 국어사전부터 한자사전, 외국어사전, 인명사전, 지명사전, 연표, 지도, 통계, 연감, 신문 축쇄판, 문학전집 등등입니다. 또 지하에는 작은 도서관 규모의 자료실이 있어 사내에서 대부분의 업무가 해결되도록 설비가 갖추어져 있었습니다.

입사 첫해에 한 일은 '부속물'을 읽는 것이었습니다. 부속물이란 책의 커버와 띠지, 속표지, 차례, 판권면, 색인 등을 총칭하는 말입니다. 교정이라고 하면 '본문' 즉 책의 '내용'을 보는 것으로 생각했던 나는 책의 '외연'만 보는 일이 있다는 것에 일단 놀랐습니다. 연간 2,000권 이상을 간행하는 대형 출판사 교열부라 가능한 일이기도 했지만, 기술도 경험도 없는 초보자가 곧바로 책 한 권을 맡을 만큼 만만하지 않은 세계라는 뜻이기도 했습니다.

그런데 부속물만 보고 있자니 마음이 너무 초조했습니다. 교정지가 끊기면 다음 교정지가 나올 때까지 책상에서 한없이 기다려야 했습니다. 다들 고개를 숙이고 일분일초를 아까워하는데, 나만 시간이 남아도니 괜히 '너 같은 건 아무 쓸모없는 존재야'라고 주위에서 비난하는 것만 같아 견딜 수 없었습니다.

2년 차에는 잡지 일을 맡게 되었습니다. 교열부에서 알아주는 베테랑 상사와 파트너가 되었습니다. 나보다 훨씬 경력이 긴 다른 선배의 부러움을 받았습니다. 일 잘하는 사람 옆에서 보고 배우는 게 실력을 쌓는 최고의 지름길이라는 겁니다. 나는 수십 년간 한길만 걸어온 장인 앞에 선 견습생이 된 기분이었습니다. 그때부터 상사는 '사수'가 되었습니다. 사수는 매일 남들보다 먼저 출근해서 남들보다 늦게까지 교정지를 들여다보았습니다. 그분이

평일에 휴가를 낸 적은 나카지마 미유키의 콘서트를 보러 가던 날, 딱 하루였던 것으로 기억합니다. 사수는 내가 밤 늦게까지 남아 있으면 냉장고에 있던 차가운 캔 맥주를 쥐여 주곤 했습니다. 나는 정식으로 교정을 배운 적이 없습니다. 30대 초반에 이 세계에 뛰어들었을 때, 내가 아는 건 교정부호 정도였습니다. 생 초보로 시작한 셈입니다. 그런 내게 그 사수 밑에서 보낸 1년은 그야말로 수련기였습니다.

사수 밑에서 내가 담당하게 된 일은 A5판의 64페이지 짜리 월간지였습니다. 기사 한 편은 짧으면 1페이지, 길어도 8페이지 전후였습니다. 초교가 나오면 우선 내가 보고 그 뒤에 사수가 본 다음 편집자에게 돌려줍니다. "눈을 바꾼다"라고 하여 하나의 교정지를 두 사람이 보는 게 기본이었습니다. 여러 사람의 눈으로 볼수록 오류를 잡아낼 확률이 커지기 때문입니다. 두 사람이 초교를 보고, 다른 두 사람이 재교를 봅니다. 책도 마찬가지로 한 권의 책이 완성될 때까지 최소 네 명의 교정자가 읽게 됩니다.

사수가 편집자에게 교정지를 돌려주기 전에 복사를 해서 책상에 올려 두었는데, 매일 아침 출근해서 그걸 볼 때마다 우울했습니다. 아무리 꼼꼼하게 시간을 들여 조사

(사실 확인, 팩트 체크라고 합니다)해도 못 보고 지나친 부분이 반드시 있었기 때문입니다. 1페이지짜리 기사에서도 오식을 혼자서 모두 찾은 적이 없었습니다.

오식을 찾아내는 것을 "잡다"라고 하고, 오식을 못 보고 지나치는 걸 "놓치다"라고 표현합니다. "처음엔 누구나 놓쳐. 놓치면서 배우는 거야." 사수가 내게 처음으로 했던 말입니다. 아무리 놓치면서 배운다지만 실수는 실수입니다. 도대체 언제쯤이면 실수를 하지 않을까 마음이 한없이 의기소침해졌습니다. 어느 날엔 사수가 내 뒤로 다가오기만 했는데도 "죄송합니다" 하고 말했더니 사수가 "아직 아무 말도 안 했는데" 하시며 쓴웃음 지었던 일도 있습니다.

"제 사수 정도 베테랑이면 제가 잡는 오식은 눈 감고도 잡지 않을까요? 제가 먼저 보는 게 의미가 있을까요" 하고 고민 끝에 부장님께 물어본 적도 있습니다. 부장님은 대답했습니다. "베테랑도 놓칠 땐 놓쳐요. 절대 놓치지 않는 교정자는 없어요. 오히려 초보자가 더 열심히 보니까 베테랑이 놓친 오식을 잡을 때도 있죠. 그러니 아무리 초보자라도 열심히 본다면 보는 의미가 있어요."

절대 놓치지 않는 교정자는 없다는 부장님의 말을 그 당시에는 믿을 수 없었습니다. 하지만 사수 밑에서 수많은 교정지를 보는 동안 생각이 바뀌었습니다. 잡지를 만들 때 초교와 재교를 보고, 그것을 단행본으로 만들 때 마찬가지로 또 두 번을 보고, 그것을 문고본으로 만들려고 다시 교정을 보는데, 그때도 처음 발견되는 오식이 있었습니다. 이런 사례를 겪으며 오식이 하나도 없는 책은 이 세상에 존재하지 않는 게 아닐까 하는 생각을 했습니다.

물론 오식은 없어야 합니다. 교정은 책의 품질을 지키기 위한 마지막 보루라고 할 수 있습니다. 하지만 여러 명의 전문가가 세심한 주의를 기울여 작업한 책에서도 오식이 나오고는 합니다. 그것이 교정이라는 일의 무서운 점이며 그러니 책을 만드는 데 교정이 꼭 필요하다는 뜻이기도 합니다.

수련기에는 오식을 놓치는 것 말고도 연필을 너무 "자주 다는" 실수도 잦았습니다. 교정지에 연필로 질문이나 제안을 쓰는 것을 "연필을 단다"라고 합니다. 연필을 너무 자주 단다는 건, 예를 들어 '나'와 '저'가 섞여 있다고 해서 멋대로 어느 한쪽으로 통일한다든지, '안 한다'라는 말을 '하지 않는다'라고 바꾸어 버리는 것을 말합니다. 저자 대신 문장을 고쳐 쓰는 수준의, 도를 넘은 제안이나 질문을 사수는 놓치지 않고 집어냈습니다.

연필을 달 때는 반드시 근거가 되는 출처를 제시해야 한다는 것도 사수에게 배웠습니다. 한번은 어떤 단어가 잘못 쓰인 것 같아서 연필을 달았더니 사수가 보고 한마디 했습니다. "전부 찾아봤어?" 교열부는 다들 책상에 여러 종류의 국어사전을 놓고 보는 것이 기본이고 책장에도 수십 권의 국어사전이 꽂혀 있습니다. 그것을 전부 찾아봤냐는 것입니다. 책장으로 달려가 차례대로 사전을 찾아보니 아니나 다를까 교정지와 정확히 일치하는 표현이 예문으로 실려 있는 사전이 있었습니다.

"있어요……."

맥없이 자리로 돌아와 연필을 지웠습니다.

사실 확인도 마찬가지입니다. 교정지에 고유명사나 숫자가 있으면 각종 자료를 찾아 오류가 없는지 확인합니다. 이때도 의문을 제기하는 건 전부 찾아보고 나서입니다. 즉 한 가지 자료에 나와 있다고 그대로 믿는 게 아니라 반드시 여러 자료를 찾아보아야 합니다. 그것도 신뢰할 수 있는 출판사에서 출간되어 판을 거듭해서 나오는 종이사전이나 백과사전을 우선으로 하고, 인터넷은 최후의 수단으로 생각합니다.

처음에는 책장 앞에 서도 어떤 자료에 원하는 정보

가 실려 있는지 짐작이 가지 않아 멍하니 서 있기만 했습니다. 하지만 계속 찾다 보니 점점 자료의 특징이 눈에 들어왔습니다. 간결하고 명쾌한 대답을 주는 믿음직한 녀석, 지명도와 신뢰도가 뛰어난 우등생, 다른 어떤 자료에도 없는 정보가 실린 마니아 취향…… 이런 식이었습니다. 어떤 선배는 "사전과 친하게 지내라"는 말을 버릇처럼 했습니다. 처음부터 온라인 데이터베이스나 사전 앱을 이용했다면 이 말의 의미를 실감하지 못했을 것입니다. 한 권 한 권 판형과 장정이 다른 사전을 들고 그 두께와 무게를 느끼면서 페이지를 넘겨 가며 서서히 '친해질' 수 있었습니다.

교정자는 '무엇이든 아는 사람'이라고 여기기 쉽습니다. 물론 사수처럼 박학다식한 교정자도 많지만, 적어도 제 경우는 '아는 사람'이라기보다 '조사하는 법을 (다른 사람보다 조금 더) 아는 사람'이라고 하는 게 맞습니다. 오히려 안다고 생각할 때가 가장 위험합니다. 이 일을 하며 절실히 드는 생각은 '인간은 실수하는 생물이다' '기억만큼 믿을 수 없는 건 없다'라는 것입니다. 경력이 풍부한 교정자일수록 '나는 다른 사람보다 아는 것이 많다'라는 생각을 경계하며 더욱더 사전을 찾고 조사하는 수고를 마다하지 않습니다.

"우리 회사에는 수많은 교정자가 있지만 지금도 제가 사전을 제일 많이 찾습니다. (……) 저는 아는 게 하나도 없고, 그저 아는 게 없다는 사실만 잘 아니까요."

이와나미쇼텐 출판사의 초대 교정과장이자 '교정의 신'으로 불렸던 니시지마 바쿠난의 말입니다.

저의 사수도 쉬지 않고 사전을 찾는 사람이었습니다. 자리에 없다 싶으면 대부분 책장 앞에 서서 사전을 뒤지고 있었습니다. 교정자의 일하는 모습, 하면 가장 먼저 떠오르는 것이 책상에 앉아 교정지를 읽는 모습이 아니라 책장 앞에 서 있던 사수의 뒷모습입니다.

귀를 기울이다

사수 밑에서 1년간 수련한 뒤에도 책 한 권을 담당하게 되기까지는 3~4년이 더 걸렸습니다. 처음으로 책 교정지를 받았을 때는 감개가 무량했습니다. 지금은 집에서 책을 교정하는 프리랜서 교정자로 일하고 있습니다. 편집자에게 '이러이러한 교정쇄를 의뢰하고 싶다'는 메일이나 전화가 오는 것으로 일이 시작됩니다. 저자, 판형, 페이지 수, 내용, 예상 작업량(초교인지 재교인지, 대조 작업의 유무, 사실 확인 작업의 분량 등), 마감일 등을 보고 내가 맡을 수 있는 작업인지 판단합니다. 교정지는 우편으로 받기도 하지만 가급적이면 직접 가서 받으려고 합니다. 편집자를 만나 이야기하는 과정에서 어떤 책으로 만들어 나가야겠다는 방향을 잡을 수 있기 때문입니다.

한 권의 책이 완성되기까지 많은 사람의 손을 거치지만 그중에서도 편집자의 역할은 막중합니다. 편집자의 요청에 따라 교정 방법도 달라집니다. 대조 작업에 공을 들일지, 쭉 읽어 나가며 오탈자를 잡는 데 집중할지, 사실 확인에 주력할지, 전체적인 구성이나 문장에까지 신경을 쓸지 등등. 그렇게 방향을 잡아야 교정을 시작할 수 있습니다.

"계속 반복해 읽다 보면 뭐가 뭔지 모르는 순간이 와요." 여러 명의 편집자에게 들은 말입니다. 저자가 퇴고를 거듭하듯 편집자도 원고를 읽고 또 읽다 보면 글에 너무 흠뻑 빠져 어느 순간 더 이상 객관적으로 볼 수 없게 됩니다. 그때 처음 책을 읽는 독자의 기분으로 글을 읽고 의문이 들면 순수하게 문제를 제기하는 것도 교정자의 역할입니다. 그러려면 교정자도 하나의 교정지를 여러 번 읽게 됩니다. 쭉 훑으며 읽고, 사실 확인을 하면서 읽고, 전체를 조감하며 읽고, 저자의 사고를 따라가며 읽고, 편집자의 시점에서 읽고, 독자의 기분으로 읽습니다. 일인다역을 소화하는 배우와도 같습니다.

하지만 교정자가 신은 아니니 아무리 상상력을 발휘해도 글을 따라가지 못할 때도 있습니다. 한 줄을 놓고 연필을 달지 말지, 단다면 어떻게 달지 고민하다가 시계를 보고 화들짝 놀라는 경우도 종종 있지요. 교정지를 읽고 있는 시간보다 고민에 잠긴 시간이 더 길 때도 있습니다.

교정지를 "읽는다"라고 표현하지만, 이 일을 하다 보면 눈으로는 종이 위의 글자를 쫓고 있지만 사실 진짜 읽고자 하는 건 저자에게서 아직 나오지 않은 말, 그러니까 말 이전의 말이라는 생각이 듭니다. 저자의 머릿속에서 형체도 없이 짙은 연기처럼 소용돌이치며 꿈틀거리는 무언가가 펜 끝(키보드)을 타고 종이(모니터 화면)로 흘러나올 때 옆으로 새는 것이 있습니다. 그리고 뒤틀린 형태로 그 자리에 굳어 버립니다. '사실은 이렇게 쓰고 싶었다'라는 형체가 분명 저자의 머릿속에 있는데, 원고가 그것을 따라가지 못한 것 같다는 느낌이 들 때가 있습니다. 그때 어떻게 하면 저자의 머릿속에 있는 말에 다가갈 수 있을까 상상력을 쥐어짜는 것이 교정이 아닐까 생각합니다. 그것은 '읽는다'라기보다 아직 세상에 나오지 않은 말에 '귀를 기울이는' 행위입니다.

　"언젠가 무슨 일이 있어도 책으로 내고 싶은 원고를 만나면 꼭 같이 작업해야겠다고 (멋대로) 생각했었는데, 드디어 그런 원고가 나타났어요." 이런 메일이 도착한 것은 2015년 초여름이었습니다. 발신인 이름이 '나나로쿠샤 출판사'인 것을 보고 심장이 빠르게 뛰었습니다. 『나는 이렇게 시를 썼다―다니카와 슌타로, 시와 인생을 말하다』ぼくはこうやって詩を書いてきた 谷川俊太郎、詩と人生を語る, 『미라이 짱』未来ちゃん, 『패미콘의 추억』ファミコンの思い出, 『링거대, 삶이라는 깃발』点滴ポール生き抜くという旗印 등의 책을 펴냈던 작지만 개성 있는 출판사로 알고 있던 곳이기 때문입니다. 주저 없이 하겠다는 답장을 보냈습니다.

　첫 미팅이 있던 날, 테이블에 놓인 교정지에는 "비실비실"이라고 커다랗게 쓰여 있었습니다. 정확하게는 『비실비실: 요레요레 잡지와 특별 노인요양시설 '요리아이' 사람들』(한국어판 제목 『정신은 좀 없습니다만 품위까지 잃은 건 아니랍니다』, 이하 『비실비실』)입니다. 저자 가노코 히로후미 씨는 수십 년의 경력을 가진 베테랑 편집자로서, 2015년에 고향이자 거주지인 후쿠오카에서 '요리아이'よりあい('모임'이라는 뜻)라는 노인요양시설을 다룬 치매 잡지 『요레요레』ヨレ

ㅋㄴ를 1인 출판으로 펴냈습니다. 흔히 말하는 ZINE*이나 독립 출판물 종류인가 했더니 『요레요레』 창간호는 후쿠오카의 북스큐브릭 서점에서 14주 연속 판매 1위를 기록했을 정도로 뜨거운 인기와 두터운 독자층을 가진 잡지였습니다. 창간호 표지에는 이런 문구가 적혀 있었습니다.

— 노망들기 전에 읽어 두고 싶은 노인요양시설 '요리아이'의 흥미진진 스토리
— 폭소 대담 전문 수록! 다니카와 슌타로×무라세 다카오 (노인요양시설 '요리아이' 대표) "다니카와 씨, 치매 아니에요?"
— 안 읽으면 후회하는 상상 초월 64P!

일본을 대표하는 시인에게 "치매 아니에요?"라니 분명 '상상 초월'이었지만, 편집자는 저자를 두고 "아주 진지한 분이세요"라고 말했습니다. 완성본을 보낸 다음에도 자진하여 원고를 수정해서 다시 보내는 일도 흔하다고 했습니다. "『요레요레』에 실린 내용을 한 권의 책으로 만들면 어떨까요? 가노코 씨의 글을 더 읽고 싶어요!" 이런 편집자의 요청으로 탄생한 가노코 씨의 첫 책이 『비실비실』이

---

*   잡지magazine에서 나온 말로, 처음에는 동인지를 의미했지만 현재는 작품성이 강한 소량 제작의 출판물을 가리키는 경우가 많다. 독립 출판물과 명확한 차이는 없다.

었습니다.

'마루 밑'과 '툇마루'

"교정지를 읽되 읽어서는 안 된다."

수수께끼 같은 말이지만 교정은 교정지를 '읽는' 일이면서 '읽어서는 안 되는' 일이기도 합니다. 교정지를 한 글자 한 글자 손끝이나 연필 끝으로 더듬으며 '이 글자가 맞나' '이 말이 맞나' 자문자답하면서 읽을 때는 독자처럼 스토리에 몰입하거나 내용에 감동할 여유가 없지만 그런 일은 있어서도 안 됩니다. 하지만 때로는 일이라는 걸 잊고 푹 빠지는 경우도 있습니다. 사실 그런 교정지를 읽을 때가 이 일을 하면서 가장 즐거운 순간인지도 모릅니다. 『비실비실』이 바로 그런 교정지였습니다. 하지만 고민되는 부분이 없었던 건 아닙니다. 우선 제2장의 제목은 이랬습니다.「탁류 급강하 편」.

『비실비실』은 후쿠오카에 있는 어느 절의 방 한 칸을 빌려 단 세 명으로 시작한 노인요양시설 '요리아이'가 자력으로 3억 엔이나 되는 자금을 모아 특별 노인요양시설을 지은 과정을 그린 이야기입니다.「탁류 급강하 편」이라는 제목은 작은 배가 사나운 탁류 속을 나뭇잎처럼 빙글

빙글 돌며 떠내려가는 이미지를 떠올리게 합니다. '요리아이'의 파란만장한 시작과 잘 어울리는 제목입니다. 그런데 사전을 찾아보면 '급강하'는 "비행기가 동력을 잃고 나선형으로 선회하며 내려가는 상태"라고 뜻풀이가 되어 있습니다. 게다가 다음 장의 제목은 「자금조달 급강하 편」입니다.

어쩌면 '급강하'라는 말을 반복해서 사용한 데는 사전적 의미를 뛰어넘은 저자의 특별한 의도가 있는지도 모릅니다. 만약 내가 그것을 파악하지 못한 것이라면 교정지에 "'급강하'의 사전적인 뜻은 이러이러한데 괜찮나요?" "앞장 제목에도 썼던 말이네요"라고 쓰는 순간, 그야말로 '너무 자주 연필을 단 것'이 되어 버립니다. 하지만 만일 저자가 거기까지 생각하지 못하고 사용한 것이라면, 책이 나오고 나서 단어를 잘못 썼다거나 장 제목에 같은 말이 반복된다는 식의 말이 나올 때마다 왜 그때 짚어 주지 않았나 후회할 것입니다. 나는 고민 끝에 '급강하'라는 단어 옆에 "주로 비행기가 동력을 잃고 떨어지는 모습을 가리키는데, 그대로?(교정지대로 두시겠습니까, 라는 의미)" 하는 코멘트를 달았습니다. 차마 "다음 장에도 '급강하'라는 말이 쓰였는데 의도적으로 반복하신 건가요?"까지는 쓸 수 없어서 이건 편집자에게 구두로 전달하기로 했습니다.

『비실비실』의 무대는 후쿠오카입니다. 그중에서도 약간 낙후한 지역, 그 이름도 '불효 거리'라는 유흥가에 있는 라이브하우스가 등장합니다. 그런데 지도를 보니 이 라이브하우스가 있는 곳은 불효 거리 옆에 있는 다른 거리인 것 같았습니다. 지역 주민이라면 그 근처겠거니 하고 바로 위치가 그려지겠지만, 저는 지리를 모르는 외지인이니 안타깝게도 확신이 서지 않았습니다. "불효 거리 옆에 있는 거리 같은데 괜찮을까요?"라고 연필을 달았습니다.

또 이런 부분도 있었습니다.

"꽃이 피면 폭풍이 온다. 이별만이 인생이다."

많이 들어 본 말이지만 누가 한 말인지 가물가물했습니다. 이때만큼 인터넷의 위력을 통감한 순간이 없었습니다. 중국 당나라 시인 우무릉의 시「권주」勸酒의 한 구절을 소설가 이부세 마스지가 일본어로 번역한 것이라는 걸 알아냈고, 이 시가 수록된 『액막이 시집』厄除け詩集을 도서관에서 빌려 와 대조했습니다. 기억도 할 겸 편집자에게도 보여 줄 겸 교정지 여백에 메모해 두었습니다.

교정이 끝난 초교 교정지를 편집자에게 전달하고 한 달 정도 지나 저자교*와 재교 교정지가 도착했습니다. 저자교 첫 페이지에는 파란 펜으로 "연필로만 적혀 있는 부분은 가노코 씨가 판단해서 결정해 주시면 됩니다. 파란색 글씨는 편집자 의견입니다. 다른 의견이 있다면 빨간색으로 고쳐 주세요"라고 적혀 있었습니다.

그런데 그중 눈길을 끄는 부분이 있었습니다. "마루 밑이 있는 오래된 민가"라는 문장에서 내가 '마루 밑'縁の下을 '툇마루'縁側라고 고친 부분이었습니다. 내가 떠올린 건 어릴 때 놀러 간 할아버지 댁이었습니다. 아파트에서 자란 내게 낡은 책과 곰팡이 냄새가 나는 100년도 넘은 어두컴컴한 일본식 전통 가옥은 유령의 집 같은 곳이었습니다. 마당에 나가 놀라는 말에 덜컹거리는 미닫이문을 열고 나가면 손바닥만 한 공간에 나무가 빼곡히 들어차 낮에도 어두컴컴했습니다. 땅바닥에 놓인 화분들 사이로 마룻바닥 아래를 들여다보면 그 어둠 속에서 당장이라도 뭔가가 튀어나올 것만 같아 한시라도 빨리 집에 가고 싶었습니다.

그 컴컴한 '마루 밑'을 떠올리며 '툇마루'가 있는 오래된 집이겠거니 하고 연필을 단 것입니다. 저자교에는 그 연필을 단 것에 빨간 펜으로 크게 가위표를 치고 "그대로"라고 써 있었습니다. 여백에는 그림과 함께 긴 설명까지 있었습니다.

---

* 교정지를 보고 저자가 교정하는 것. 혹은 저자가 교정을 마친 교정지.

"이게 바로 마루 밑!(내진 강도에 문제 있음) 이런 식으로 되어 있어서 고양이가 기어들어가기도 하고, 여분의 기와를 여기에 넣어 두었다가 태풍으로 지붕의 기와가 날아가면 꺼내 쓰기도 했어요. 옛날 집은 지금과는 기초공사가 전혀 달라서 마룻바닥 아래가 딱딱한 콘크리트로 되어 있지 않았어요. 그래서 옛날 사람(나 포함)들은 이 부분을 '마루 밑'이라고 불렀어요. 내가 어렸을 때만 해도 이런 건물이 상당히 많았어요."

그림은 옛날 할아버지 댁 구조와 똑같았습니다. 마룻바닥과 지면 사이에 귀여운 고양이 한 마리가 식빵처럼 웅크리고 있는 것만 빼면 말입니다. 빨간 펜으로 쓰인 설명을 읽으며 얼굴이 화끈거려 혼났습니다. 그나저나 그림이 그려진 저자교를 본 건 이때가 처음이었습니다. 그뿐이 아닙니다.

"그러네요!"

"나이스!"

"음, 그냥 그대로!"

초교에 쓴 질문이나 제안 하나하나에 빨간 펜으로 '답변'이 달려 있었습니다.

"리듬이 깨질 것 같아 그대로 가겠습니다."

"그래도 그대로가 좋을 것 같아요. 완전히 병렬로 해서 더 바보 같아 보이고 싶거든요. '를'이 있으면 다른 표현이 나올 것 같은데 그때 똑같은 표현이 반복되면 더 허술해 보이잖아요."

"분위기 중시"(웃음)

"맞아요! 귀찮아서 생략했어요."(웃음)

교정을 하려면 빨간 글씨를 봐야 하는데 자꾸만 빨간 글씨 옆에 쓰인 코멘트에 더 눈길이 갔습니다.

"글자의 시각적인 느낌이 이게 더 좋을 것 같아서……."

"여기는 라임을 맞춰서 음악적이고 래퍼 같은 느낌을 주고 싶어요!"

"이런 것까지 조사하다니 대단하네요…… 이제 거짓말은 못 하겠어요."(웃음)

"문법적으로 보면 문장이 좀 이상해요. 아니, 말하자면 비문이죠. 그래서 고칠까도 생각했는데 도저히 이 느낌이 안 나올 것 같아요. 문법은 무시하고 그대로 가겠습니다."

"이 정도로 수정할 테니 좀 넘어가 줘요!"

걱정했던 '급강하'에는 편집자가 "'탁류'와 의미가 충돌될 소지가 있네요. 그래도 이미지상 그대로 가시겠어요?"라고 적어 놓았습니다.

"으하하, 그러네요! 안 되겠네요, 이건!"

「탁류 급강하 편」은 「소용돌이 돌입 편」으로 고쳐져 있었습니다. "일단은"이라는 주석과 함께.

"뭔가 탁류가 배를 집어삼킬 듯한, 폭풍 속을 세차게 항해하는 듯한, 그래서 사람들이 우왕좌왕하는 듯한, 그런 이미지의 단어 뭐 없을까요……."

다음 장 제목에는 빨간 글씨로 이렇게 쓰여 있었습니다. "여기에도 '급강하'를 썼었네요.(웃음) 급강하라는 말이 어지간히 좋았나 봐요."

'불효 거리' 부분에는 이렇게 쓰여 있었습니다. "후쿠오카를 그곳의 대표 도시인 하카타라고 부르는 사람들이 있듯이 후쿠오카 사람들은 이 일대를 뭉뚱그려서 '불효'라고 불러요. 참고로 한때 '효도 거리'로 바꾸자는 이야기가 나와서 정식 명칭이 '효도 거리'로 바뀌었는데 (아마) 보시면 알겠지만 아무도 그런 시시한 명칭을 사용하지 않아요.(웃음)" 당연히 "그대로"였습니다.

"꽃이 피면 폭풍이 온다. 이별만이 인생이다"라는 구절에는 이렇게 쓰여 있었습니다. "마스지였군요! 마스지 최고! 마스지처럼 되는 게 내 로망!"

교정지 너머

『비실비실』 마지막 부분 즈음에 마침내 특별 노인요양시설 '요리아이'가 완성되는데, 거기에서 특히 존재감을 발하는 것이 메인 주방입니다. "삼시 세끼 손수 만든 식사를 제공한다"를 원칙으로 하는 '요리아이'에서 특히 중요한 장소입니다. '의외로' '고급 레스토랑 주방 같은 분위기'입니다.

여성들은 벌써 소란스럽게 뭔가를 뚝딱거리고 있다. 어머, 여기가 가스 오븐 자리려나? 와, 근사하다. 여기에 냉장고가 오는 거지? 응, 좋다. 진짜 좋아. 그리고 이 카운터에서 요리를 내는구나? 마음에 들어.

어떤 장소일지 상상해 보았습니다. 가능하면 사진이나 배치도를 보고 싶었습니다. 그래서 "사진이나 배치도를 넣을 수 있을까요?"라고 교정지에 썼더니 거기에는 빨간 글씨로 이렇게 적혀 있었습니다. "그건 패배를 인정하는 것이니 반대입니다."

이 일을 하다 보면 어디까지가 교정일까, 하는 생각이

들 때가 있습니다. 오탈자나 말의 오류를 찾아내는 것. 이 것이 교정일 겁니다. 사실 관계나 숫자는 객관적인 자료를 바탕으로 체크하는 것. 이것도 교정(교열)이겠지요. 그렇다면 표현이나 글의 가독성, 구성 등을 지적하는 건 어느 범위까지가 교정일까요.

교정자는 다양한 시선으로 읽을 줄 알아야 한다고 이야기했습니다. 거기에는 물론 독자의 시선으로 읽는 것도 포함됩니다. 독자가 읽기 쉽고 알기 쉽게 썼는가. 저자가 책을 통해 전하고자 하는 바가 제대로 전해지는가. 오식을 잡아내고 사실 확인을 할 뿐 아니라 저자가 던진 공을 독자가 무사히 받을 수 있도록, 안타까운 어긋남이나 사고가 발생하지 않도록 검증하는 것도 교정자의 역할이라고 생각합니다.

다만 그 정도가 어디까지냐가 문제입니다. '교정'과 '참견'의 경계는 대체 어디일까. 잘 읽히지 않거나 이해되지 않는 글을 어디까지 '고쳐야' 할까, 그것은 교정자의 영역일까, 편집자나 저자의 영역일까. 아니 애초에 꼭 고칠 필요가 있을까.

교정자는 오직 교정지를 통해서만 저자와 대화합니다. 만나거나 전화를 걸거나 메일이나 편지를 쓸 수 있다면 이렇게 고민하지 않아도 될 텐데, 싶을 때도 있습니다. 좋은 책을 만들고 싶은 욕심이 클수록 주제 넘는 한이 있더라도 연필을 달아야 하는 게 아닌가 하는 고민이 커집니다. 하지만 그 대답 역시 오직 저자의 빨간 글씨로만 확인할 수 있습니다.

연필은 간결해야 합니다. 때로는 쌀쌀맞아 보일지도 모릅니다. 예를 들어 앞에서 말한 "주로 비행기가 동력을 잃고 떨어지는 모습을 가리키는데, 그대로?"에서 "그대로?"라는 말 대신 "괜찮음?"이나 "OK?"라는 말을 쓸 때도 있는데, 원래라면 "그대로 가시겠습니까?"라거나 "괜찮을까요?"나 "다시 한번 검토 부탁드립니다"라고 써야 할 겁니다. 하지만 그러지 않는 이유는 질문과 제안은 그 수만큼 편집자와 저자가 검토해야 하기 때문입니다. 한정된 시간 안에 수십에서 수백 개에 달하는 질문과 제안을 하나하나 '승낙' 혹은 '거절'해야 하므로 한눈에 문제를 파악할 수 있게끔 쓸 필요가 있습니다. 교정부호를 비롯한 이런 코멘트들은 교정지 위의 커뮤니케이션을 위한 '언어'입니다.

마찬가지로 저자도 이런 빨간 글씨에 일일이 부연설명을 하지 않습니다. 여기에서도 중요한 건 검토 결과를 한눈에 이해할 수 있어야 한다는 것입니다. 불필요하다 싶은 연필은 지우개로 지우거나, 가위표나 동그라미만 쳐 놓기도 합니다. 빨간 글씨를 쓸 때는 크고 또렷하게 씁니다. 교정을 시작한 지 얼마 안 되었을 무렵에는 내가 단 연필에 크게 가위표가 그려져 있거나, 통째로 다른 표현으로 바뀌어 있는 것을 보면 '무슨, 이렇게 멍청한 연필을 달았느냐'고 꾸중 듣는 듯한 기분이었는데, 그것이 교정지에서의 커뮤니케이션 방식입니다. 해상에서 옆으로 지나가는 배끼리 깃발이나 빛으로 신호를 보내 의사소통하는 것과 같습니다.

하지만 『비실비실』의 가노코 히로후미 씨 저자교는 달랐습니다. 교정지에 빼곡히 적힌 빨간 글씨는 기호나 신호가 아니라 영락없는 살아 있는 사람의 목소리였습니다. 이런 식으로 '대화'를 해도 되는구나 싶어 놀랐습니다.

앞서 말한 사진이나 배치도에 관한 저자의 코멘트를 보고 내가 또 주제넘은 참견을 부렸나 하고 심장이 덜컥 내려앉았지만 이어지는 빨간 글씨는 이랬습니다. "글로 정확한 모습을 보여 주긴 어렵겠지만 설명조가 되지 않는 선에서 최대한 잘 전달되도록 고쳐 볼게요."

'요리아이'의 완성된 주방이 어떤 모습인지 상상하는 즐거움을 독자에게서 빼앗지 않아 다행이었습니다. 동시에 교정지 위에서 좀 더 '대화'를 해도 된다는 걸 배웠습니다. 그것이야말로 기계가 아닌 살아 있는 사람이 교정을 하는 의미가 아닐까요.

2015년 12월에 간행된 『비실비실』은 출간 직후 여러 잡지와 신문에 서평이 실리며 증쇄를 거듭했습니다. 전국 각지 서점에서 가노코 히로후미 씨의 토크 이벤트가 열렸는데 그중 도쿄에서의 북 토크 때 마침내 실제로 만날 수 있었습니다. 실물로 접한 가노코 씨는 세련되고, 말을 잘하고, 상상했던 것보다 몇백 배는 수줍음을 타는 사람이었습니다. 현재 『비실비실』에 이은 두 번째 작품을 집필 중이라고 합니다.

『비실비실』의 저자교는 복사본을 달라고 부탁해 지금도 늘 곁에 두고 있습니다. 연필을 달아야 하나 말아야 하나 망설일 때마다 "이게 바로 마루 밑!" 하는 가노코 씨의 목소리가 들려오는 듯합니다.

무타 사토코牟田都子
1977년 도쿄 출생. 출판사 계약직 직원을 거쳐 프리랜스 교정자로 활동하고 있다. 작업한 책으로 『고양이는 꼬리로 말한다』猫はしっぽでしゃべる, 『시집 행복론』詩集幸福論 등이 있다.

마음을 담은 인쇄

인쇄 · 후지와라 다카미치

책 만들기는 릴레이

'후지와라 인쇄'의 시작은 한 명의 여성 타이피스트였습니다. 창업자이자 나의 할머니인 후지와라 데루는 1926년, 나가노현 나가와무라라는 작은 마을에서 8남매 중 장녀로 태어났습니다. 어떻게든 시골에서 벗어나고 싶었던 할머니는 열네 살 때 고향을 떠나 홀로 상경했습니다. 타자 전문학교에 다니면서 공부 시간 외에는 일을 했고, 번 돈은 집으로 보내 남동생과 여동생들의 학비를 댔습니다. 나가노로 돌아와 타이피스트로 바쁘게 일하던 중 기술을 인정받아 어느 클라이언트 업체 사장으로부터 독립하는 게 어떠냐는 조언을 들었습니다. 원체 추진력이 뛰어났던 할머니는 망설임 없이 후지와라 인쇄의 전신이 된 '후지와라 타이프사'를 열었습니다.

때는 고도 경제 성장기. 시대의 흐름을 타고 순조롭게 성장하며 책 만들기의 시작(조판)부터 끝(제본)까지 모두 가능하도록 투자의 일환으로 인쇄기를 도입했습니다. 기세를 이어 도쿄로 진출했고, 뛰어난 조판 기술을 내세워 점차 거래하는 출판사를 늘려갔습니다. 어느새 출판사와의 거래 매출이 90%를 차지하고 연간 5,000종 이상의 책을 만드는 회사가 되었습니다. 후지와라 인쇄가 창업 당시부터 강조해 온 말이 있습니다. "마음을 담은 인쇄"라는 말입니다.

컴퓨터가 없던 시절, 원고는 모두 원고지에 손으로 썼습니다. 사람이 쓴 것이니 읽기 쉬운 것도 있고 알아보기 힘든 것도 있고, 다양했다고 합니다. 메일보다는 편지가 온기를 전달해 주듯, 손으로 쓴 원고에는 저자의 절절한 마음이 그대로 담겨 있습니다. 그러나 타자기로 원고를 타이핑하는 작업은 단순노동입니다. 원고에 열정이 담겨 있든 말든 타이피스트는 그저 일로서 눈앞의 원고를 묵묵히 타이핑합니다. 작가의 원고가 타이피스트를 거치며 열정을 잃는 것을 안타깝게 느낀 할머니는 '한 글자 한 글자에 마음을 담아 (타이프를) 치는' 일의 중요성을 깨달았습니다. 저자나 편집자 못지않은 열정으로 원고지를 마주하며 저자에게서 넘겨받은 생각의 배턴을 독자에게 전달하는 일의 중요성을 강조했습니다. 공정이 늘고 타자기로 타이핑하는 일 말고 인쇄기로 찍는 작업도 추가되었지만 여전히 "마음을 담은 인쇄"를 강조하고 있습니다.

책 한 권이 나오기까지 얼마나 많은 사람의 손을 거칠까요. 인쇄소를 보러 온 사람들이 놀라는 것 중 하나가 이렇게 많은 사람이 작업하는 줄 몰랐다는 것입니다. 마쓰모토시에 있는 본사에 약 70명, 도쿄 지점에 약 20명이 '좋은 책'을 만들려고 오늘도 고군분투하고 있습니다. '후지와라 인쇄'를 스포츠에 비유하자면 팀 스포츠 중에서도 서로 협력하는 축구나 농구에 가깝겠지만, 한 권의 책이 저자에서 독자에게로 가는 과정을 생각하면 이야기가 조금 달라집니다.

예컨대 여러분은 이런 책을 어떻게 생각하시나요? 내용은 훌륭하지만 디자인은 별로인 책, 내용은 별로인데 제작이나 디자인은 훌륭한 책, 혹은 사진은 멋진데 인쇄 품질은 나쁜 책, 기획은 좋지만 문장력이 떨어지는 책 같은. 책은 어느 한 부분에 하자가 있으면 다른 부분이 다 괜찮아도 전체적인 가치가 손상됩니다. 앞 주자가 아무리 빠르게 달려 격차를 벌려 놓아도 뒤의 주자가 느리면 승리할 수 없는 릴레이와 비슷합니다.

릴레이에서 각 구간의 주자마다 명확한 역할이 있는 것처럼, 책을 만드는 과정에서 인쇄회사에 요구되는 역할도 명확히 있다고 생각합니다. PC 안에 있는 데이터라는 무형의 것이 인쇄를 통해 비로소 눈에 보이는 물건이 됩니다. 많은 사람이 불어넣은 온기가 처음으로 형태를 가지고 세상에 태어나는 것입니다.

다만 릴레이와 책 제작이 다른 점은 책을 제작할 때는 앞 주자의 상황을 알 수 없고 실제로는 안면조차 없는 경우도 많다는 것입니다. 그래서 대충 하려면 얼마든지 대충할 수 있는 이유를 붙일 수 있고 그런 환경도 수반됩니다. 하지만 그때 타협한다면 만드는 사람의 생각이 아닌 현장의 편의를 우선한 책이 됩니다. 인쇄하면서 조금 요령을 부린들 독자가 그 사실을 알아채기란 드물 테고 실제로 아무도 모를 수도 있습니다. 하지만 그 책은 "인쇄에 최선을 다했는가?" 하는 물음에 고개를 끄덕일 수 없는 작품이 되고 맙니다.

책을 제작하는 일은 작품을 만드는 일입니다. 그러므로 각 공정의 담당자가 모든 구간에서 상대 팀과 격차를 벌리겠다는 필사적인 각오로 임해야 멋진 작품이 나온다고 생각합니다. 아무도 눈치채지 못해도, 아무도 보지 않아도, 자신이 맡은 구간에서 최선을 다 해야 좋은 책이 나올 수 있습니다.

출판 업계는 1986년을 정점으로 매출이 계속 떨어져 중쇄를 찍는 책도 점점 줄고 있습니다. 그러니 그만큼 신간 수를 늘리는 추세입니다. 옛날에는 편집자 한 사람의 1년 목표에서 재판*과 신간의 비율이 반반이었다면, 지금

---

*   再版. 같은 출판물을 두 번째 간행하는 것. 또는 그 출판물.

은 재판이 3, 신간이 7 정도인 구조입니다(모든 출판사가 그렇다는 말은 아니니 너무 언짢게 생각하지는 마시길). 그러니 어쩔 수 없이 편집자가 책 한 권에 할애할 수 있는 시간이 짧아집니다.

지금 조판 부문에 요구되는 것은 빠르고 정확하게 빨간 글씨를 수정하는 것뿐 아니라, 얼마나 편집자를 도울 수 있냐 하는 겁니다. 편집자가 미처 발견하지 못한 오식이나 수정 누락을 '내 일이 아니니까' 하며 모른 척하는 게 아니라 설령 참견 같더라도 "○○을 ××로 수정해 두었습니다"라고 파란색 글씨로 쓴 쪽지를 붙여 둡니다. 그것이 우리가 "파란 글씨"라고 부르며 창업 당시부터 이어 오고 있는 일입니다.

자신이 맡은 구간에서 있는 힘껏 달릴 뿐 아니라 앞 구간 주자가 지치면 서포트하겠다는 자세로 영역을 넘나들며 할 수 있는 일을 하는 것. 앞뒤 구간이 조금씩 겹쳐져 협력하는 것이 앞으로의 책 제작에 요구되는 일이라 생각합니다.

책의 판권면

대부분의 책에는 '판권면'이라고 불리는 페이지가 있습니다. 초판과 재쇄, 중판의 날짜를 비롯해 저자와 편집자, 북 디자이너의 이름이 실려 있습니다. 하지만 인쇄나 제본에 관한 사항은 제작 거래처 회사 이름이 전부입니다.

출판사가 일방적으로 제작 의뢰를 하고 인쇄 회사는 그에 따라 납품하는 방식의 구조가 오랫동안 굳어진 만큼 (현재도 크게 달라지지 않았겠지만), 출판사에게 인쇄 회사는 파트너로 인식되기 어려운 포지션이었습니다. 게다가 인쇄는 기계가 하는 일이라고 여겨 가정용 프린터나 편의점에 설치된 복합기를 떠올리기 쉬우니 현장에서 활약하는 기술자의 존재는 희미할 수밖에 없습니다. 존재가 드러나기는커녕 주문을 받는 것부터 출력, 발송까지 기계가 도맡아 처리하는 공장이 생겨나 현장에는 오히려 사람이 줄었습니다.

'후지와라 인쇄' 공장에는 약 25년 된 인쇄기와 최신 인쇄기가 나란히 놓여 있습니다. 기본적인 구조는 둘이 비슷합니다. 다만 소프트웨어나 자동화 측면에서 엄청난 기술 차이를 보입니다. 구식 인쇄기는 기술자가 태엽을 돌려 손으로 잉크 농도를 조절한다면, 최신 인쇄기에는 자동화 시스템이 탑재되어 있습니다. '뭐야, 이제 사람은 필요 없네'라고 생각할지도 모르지만 그렇지는 않습니다.

기계보다 사람이 뛰어난 점은 많습니다. 예컨대 '색을 보는 일'입니다. 전체적인 균형과 미묘한 뉘앙스를 파악하는 일에 있어서는 숙련된 사람을 따라갈 수 없습니다. 색을 맞추는 판단은 결국 사람이 합니다.

게다가 아무리 기계라도 사람의 일입니다. 인쇄 중에는 세심한 주의를 기울여야 합니다. 복사기처럼 필요한 매수를 입력하고 '인쇄' 버튼을 누르는 게 전부가 아닙니다. 본문의 잉크 농도가 다르거나, 색이 다르거나, 얼룩이 생기기라도 하면 지금까지의 노력이 한순간에 물거품이 됩니다. 비록 본문이 흑백 단도일지라도 페이지마다 농도가 모두 균일한지 잘 관찰해야 합니다. 인쇄기에 종이가 반듯하게 들어가 있는지, 반송 도중에 걸리지는 않는지, 흠이나 얼룩은 없는지, 확인해야 할 지점이 무수히 많아서 인쇄기를 돌리는 동안은 잠시도 긴장을 늦출 수 없습니다.

무슨 말을 하고 싶은가 하면, 인쇄를 담당하는 건 한 명 한 명의 사람이라는 사실입니다. 제본도 마찬가지입니다. 그러니 그들의 이름도 책의 판권면에 실려야 마땅합니다.

앞으로의 책은 '작품'이 된다

독자 여러분 중에서 상업 출판용 인쇄기를 본 적이 있는 분은 그리 많지 않을 것입니다. 인쇄소의 인쇄기는 작으면 경차, 크면 마을버스만 한 크기입니다. 가정용 프린터나 복합기를 떠올리며 크기가 작을 것이라 짐작하는 사람이 꽤 있지만 실제로는 상당히 큽니다. 그런 기계에 종이를 넣고 잉크를 세팅하여 시운전부터 시작합니다.

예를 들어 책 1,000부를 인쇄한다고 했을 때, 10퍼센트를 예비 수량으로 더 인쇄하기 때문에 세팅하는 숫자는 '1100'입니다. 빠른 인쇄기라면 한 시간에 1만 6,500장 정도 찍어낼 수 있으니 약 4분 정도 시간이 걸립니다. 백반집에서 점심을 주문하고 음식이 나올 때까지의 시간과 비슷하거나 그보다 짧습니다. 순식간입니다.

인쇄기는 비싸면 한 대에 수억 엔을 투자해야 하는 기계라 감가상각 기간이 7년입니다. 무엇보다 중요한 것이 가동률입니다. 사람이 아무리 움직여도 기계가 돌아가지 않으면 수익을 기대할 수 없습니다. 다시 말해 인쇄 기계를 얼마나 효율적으로 돌리느냐가 인쇄 회사의 지상 명제입니다. 그러나 독자의 관점에서 본다면 이 명제에는 함정이 숨어 있습니다. 여러분이 사는 책, 서점에서 집어 드는 책은 1,000권이 아니라 1권입니다. 인쇄된 책이 100권이냐 1,000권이냐 혹은 1만 권이냐 하는 것은 독자와는 아무 상관이 없습니다. 독자에게는 손에 든 1권이 전부입니다. 저자도 편집자도 마찬가지일 것입니다. 가능하면 대량 생산이 아니라 한 권 한 권 정성을 쏟아 만들기를 원할 것입니다. 그렇다면 생산자는 이런 의식을 가져야 하지 않을까요.

1,000권을 만드는 것이 아니라 1권을 1,000번 만드는 일.

생산 논리만 앞세우기보다는 쓰는 사람, 읽는 사람과 생각을 공유하는 것. 말은 쉽지만 종이 한 장을 인쇄하는 데 1초도 안 걸리는 그 순간에 진심을 담는 일이란 결코 쉽지 않습니다. 그러나 이런 어려운 일에 도전하는 것이야말로 독자를 향해 메시지를 전달해 주는 책임을 진 우리 인쇄인의 사명이라고 생각합니다.

갑작스럽지만 이쯤에서 인쇄란 무엇인가 하는 근본적인 질문을 던지고 싶습니다. '인쇄는 사회에 어떤 가치를 제공하고 있을까요?' 먼저 역사적 배경을 살펴보겠습니다. 인쇄는 언제부터 시작됐을까요? 15~16세기 유럽에서는 십자군 원정의 실패를 기점으로 국가 간 종교를 둘러싼 전쟁이 반복되고 있었습니다. 이때만 해도 책은 손으로 베껴 쓴 사본이어서 한 권이 완성되기까지 많은 시간이 걸렸고, 그만큼 엄청나게 고가여서 일반 시민은 엄두도 못 내는 물건이었습니다. 그때 구텐베르크라는 한 독실한 기독교 신자가 나타납니다. '아아, 이 놀라운 가르침을 더 많은 사람에게 전할 방법이 없을까!' 이러한 그의 간절한 바람이 활판 인쇄 발명으로 이어졌습니다. 이 혁신적인 기술로 말미암아 기독교는 그때까지와는 비교도 안 되는 속도로 퍼져 나갔습니다. 즉 인쇄의 기본 가치는 '하나밖에 없었던 것을 복제하여 더 많은 사람에게 전하는 것'이었습니다. 그 후 학문, 소설, 사상, 기록 등 여러 분야에서 인쇄가 이루어져 사회적 가치를 제공하게 되었습니다.

그런데 시대가 변했습니다. 인터넷이 탄생하면서 인쇄 매체는 인터넷 매체로 대체되었습니다. 일상생활에서는 종이 전화번호부, 종이 강의계획서, 종이 사전을 거의 볼 수 없게 되었고, 잡지나 신문의 폐간과 휴간도 잇따르고 있습니다. 여담이지만 개인적으로 충격을 받은 사건은 어렸을 때 그렇게 열심히 읽었던 초등학교 ○학년 학습지 시리즈가 『초등학교 1학년』小学一年生을 제외하고 전부 사라진 것입니다. 얼마나 많은 사람에게 퍼뜨릴 수 있느냐를 놓고 보면 인쇄는 비용으로 보나 시간으로 보나 인터넷을 따라갈 수 없습니다. 하지만 정말 그게 다일까요.

'전달'에는 두 개의 축이 있습니다. 얼마나 많은 사람에게 미치느냐 하는 '보급도'와 그들에게 얼마나 깊게 영향을 주느냐 하는 '심도'深度입니다. 지금까지 인쇄는 전자인 보급도를 가장 큰 가치로 삼았지만, 시대가 변함에 따라 이제는 오히려 깊이의 정도를 따지는 '심도'가 더 큰 가치로 떠오르고 있다는 생각이 듭니다.

저 열성적인 기독교 신자를 떠올려 보십시오. 그가 원한 건 무엇이었을까요. 성경을 인쇄해서 기독교를 더 많은 사람에게 전하고 싶었던 것입니다. 더 잘 전하고 싶었던 것입니다. 교회가 허름한 판잣집이 아니라 거룩한 이야기를 전하기에 걸맞은 장엄한 건축물이어야 했듯, 성경은 하나하나가 작품인 동시에 작가(예수 그리스도)의 음성이어야 했습니다. 가죽이나 천으로 감싸기도 하고 함에 넣기도 하며 여러 번 읽어도 훼손되지 않도록, 혹은 반영구적으로 보관할 수 있도록 아주 견고하게 만들었습니다. 아무리 인쇄 기술이 발달했다지만, 옛날 책들은 그 나름으로 무척이나 아름답습니다.

그러나 산업혁명으로 인쇄 기술은 더욱 발달했습니다. 19세기 초에 등장한 페이퍼백은 크기와 디자인을 통일하고 저렴한 소재를 사용했습니다. 빠르게, 싸게, 많이 생산할 수 있게 되면서 책은 누구나 구할 수 있는 것이 되었습니다. 대중의 탄생과 더불어 책은 대량으로 생산되고 본격적으로 정보 전달의 역할을 담당하게 됩니다.

사실 인터넷의 보급으로 시장이 축소되는 건 이런 측면 때문입니다. 물건으로서의 가치를 중시하지 않은 데서 보급이 시작된 만큼 애초에 물건조차 아닌 인터넷이 압도적으로 유리합니다. 정보 전달만을 목적으로 하는 종이 매체가 인터넷의 보급으로 매출이 급감하는 것은 당연합니다. 그렇다면 살아남는 것은 무엇인가. 그것은 작품으로서의 책이라고 생각합니다. 까다로운 사양의 책이나 해 본 적 없는 스타일의 작업은 품이 많이 드는 일이라 인쇄 회사에서 꺼리는 경향이 있습니다. 인쇄 회사는 수억 엔이나 투자한 인쇄기를 몇 년에 걸쳐 감가상각하기 때문에 가동률과 생산성만 놓고 보면 간단한 작업의 제품을 많이 만드는 편이 이득입니다. 그 심정은 충분히 이해합니다. 하지만 달콤한 시절은 이제 다 갔습니다. 오랫동안 정보 발신은 일부 사람의 전유물이었습니다. 21세기 들어 인터넷의 보급과 함께 기술뿐 아니라 누구나 자신의 생각을 널리 알릴 권리를 갖게 되었습니다. 이른바 미디어의 민주화가 일어난 것입니다. 1인 출판사가 늘어난 데도, 독립 출판으로 서적이나 잡지를 만드는 사람이 늘어난 데도 이런 배경이 있습니다. 그들은 애초에 수많은 사람이 읽는 것을 목표로 삼지 않습니다. 처음부터 작품을 만드는 게 목표입니다.

단언컨대 물리적으로 제작이 불가능한 책은 없습니다. 기계로는 어려울지 몰라도 손으로는 어떤 사양의 책이든 대부분 만들 수 있습니다. 기억에 남는 작품 중에 『NORAH』라는 잡지가 있습니다. 클라이언트인 미디어 서프 커뮤니케이션즈사로부터 받은 요청은 이러했습니다. "후지와라 인쇄가 재고로 보유하고 있거나 여분으로 남은 용지를 사용해 지금까지 없었던 잡지를 만들고 싶다." 여러 번의 회의를 거쳐 본문은 일곱 가지 지종紙種을 번갈아 사용하며 두 종류로 제작하고, 표지는 앞장과 뒷장을 느낌이 다른 지종을 사용해 세 가지 패턴을 만들어 모두 여섯 가지 종류가 나오도록 했습니다. 이렇게 본문 지종이 다른 두 버전, 표지 지종이 다른 여섯 버전으로 한 권의 잡지가 제각각 지종이 다른 열두 가지 버전으로 만들어졌습니다. 종이가 바뀌면 인쇄기 설정이나 조정도 바뀝니다. 보통은 한 번이면 되는 일을 일곱 번이나 인쇄기를 조정해야 하는 경우는 처음이라 사내에서 반대 의견도 있었습니다. 하지만 현장의 협조와 도움 덕분에 모든 종이에 고르고 깔끔하게 인쇄가 되었고 고객이 만족하는 결과물이 탄생했습니다.

우리 일은 공산품 생산이 아니라 작품 제작을 돕는 쪽으로 변해 갑니다. 인쇄의 '새로운 전성기'가 도래할 것입니다.

후지와라 다카미치藤原隆充
후지와라 인쇄 주식회사 이사. 70년 역사의 인쇄 회사를 4대째 맡고 있다. 기획 단계부터 제작과 관련해 사양을 제안해 주는 것이 강점이며 책 제작에 있어 전면적으로 작업을 받쳐 준다. 최근에는 독립 출판물 제작 실적이 많다. 제작한 대표적인 작품으로 『T5』, 『또 하나의 디자인』もうひとつのデザイン, 『Rebuild New Culture』, 『와자와자의 일하는 방식』わざわざの働きかた 등이 있다.

책은 특별한 것이 아니다

제본 · 가사이 루미코

책의 존재론

눈앞에 있는 이것은 어떤 과정을 거쳐 내 손에 들어왔을까.

요즘 책을 사면서 하는 생각은 죽기 전에 읽고 싶은 책을 다 읽기는 힘들 거라는 생각이다. 평균 수명으로 따지면 아직 절반도 살지 않았지만 아무래도 힘들 것이다. 나는 원래 읽는 것이 굉장히 느리다. 치명적이다. 게다가 늘 책이 읽고 싶은 것도 아니다. 때로는 책을 읽기 싫을 때도 있다. 그래도 책을 사고 싶다는 마음이 사라진 적은 없다. 읽지 못하는 한이 있어도 일단 산다. 그렇다고 읽기를 포기한 것은 아니다. 언젠가 읽겠다는 건 내가 모르는 것을 알아 두겠다는 마음이다. 그래서 내 책장에는 아직 읽지 못한 책을 포함해 수많은 책이 꽂혀 있다. 언제 읽을지 모르는 책들이 항상 거기서 얌전히 기다리고 있다.

대학 세미나 수업에서 책이란 책장에 꽂혀 있을 때 '등'으로 말하는 존재라는 이야기를 들었다. 책등이 없는 중철 제본*의 책은 책장에 꽂히는 순간 존재가 사라진다고 했다. 그때는 냉정한 표현이라고 생각했는데 제본을 업으로 삼게 된 지금은 그 의미를 좀 알 것 같다. 책을 제본하는 일은 책의 '등'을 생각하는 일이기 때문이다. 이것은

---

* 반으로 접은 종이의 가운데를 철심으로 박아 엮는 제본 방식. 얇은 책자에 많이 사용된다.

곧 책이 어떻게 어떤 모습으로 있었으면 하는지를 생각하는 것과 같다.

제본소의 아침은 이른 시간에 시작된다. 업무가 개시되는 건 8시쯤이다. 하지만 그건 본격적으로 작업을 시작하는 시각이고 기계를 켜거나 제본에 사용할 본드를 녹이는 등 이런저런 준비를 위해 1시간 이상 일찍 출근하는 사람도 있다. 스위치를 눌러 기계를 가동시켜 놓고 간식을 먹거나 담배를 피우는 사람도 있지만, 성미가 급한 사람은 그때부터 본격적으로 일을 시작한다. 매일 아침 아슬아슬하게 출근 시간을 맞추는 나는 지각도 아닌데 괜히 찔려서 그 옆을 종종걸음 치며 지나간다.

도쿄도 신주쿠구 끝자락. 분쿄구 바로 옆에 위치한 이 일대는 출판사를 비롯해 도서 총판, 인쇄 회사, 제본 회사 등 책과 관련된 업체가 많이 모여 있는 지역이다. 공공도로를 달리는 지게차가 서적 용지나 인쇄본*, 접지**, 완성본 책 등을 나르는 모습은 일상의 풍경이고, 종이를 접는 접지기의 덜컹거리는 소리는 생활 소음의 일부다. 이른 아침부터 힘차고 경쾌하게 일하는 사람들을 보면 등줄기가 빳빳해진다.

대학 졸업 후 취직을 한 게 2004년이다. 책과 연관된

---

* 인쇄가 끝난 뒤 제본하기 전의 종이.

** 인쇄된 종이를 페이지 순으로 접는 것. 일반적으로 16페이지 단위로 접는다.

일을 하기로 마음먹었지만 정확히 어떤 분야로 가야 할지 결정할 수 없었다. 전공을 생각하면 디자이너가 되는 것이 자연스러웠다. 그런데 수업 과제로 작은 인쇄소에 가서 첫 인쇄물을 만들었던 기억이 떠올랐다. 대단히 흥미롭지만 너무 전문적이어서 도통 뭐가 뭔지 알 수 없었는데(인쇄소에 원고를 넘길 때 주의해야 할 사항이 너무 많아 긴장의 연속이었다), 외부인으로는 알기 힘드니 그 안으로 들어가 배워 봐야겠다 싶어 인쇄 회사를 선택했다.

입사 후에는 제판부製版部에 배치되었다. 제판이란 인쇄를 하는 판을 만드는 일이다. DTP가 본격적으로 도입되면서 아날로그와 디지털의 비율이 순식간에 역전되던 과도기였다. 예를 들어 사진 원고는 원래 필름으로 받는 경우가 대부분이었는데 어느 순간부터 디지털카메라로 촬영한 이미지 데이터로 받는 경우가 많아졌다. 이미지 데이터는 PC로 바로 읽어 들일 수 있지만, 필름은 먼저 스캐닝해야 한다. 이를 전문 용어로 '색 분해'color separation라고 한다. 실린더에 필름을 붙이고 각 판의 보색에 해당하는 색 필터를 통해 감광 작용을 일으켜 어쩌고저쩌고하는. 보고 있어도 무엇을 하는지 이해되지 않는 전문적인 과정이 많으니 학생 때 뭐가 뭔지 알 수 없었던 이유가 여기에 있는 것 같다. 지금은 누구나 DTP로 간단한 전단지 정도는 만들 수 있는 시대인지라 보통 사람도 어느 정도 지식이 있으니 인쇄 현장에서의 의사 전달도 조금은 쉬워졌을 것이다.

그 반면에 인쇄 현장의 업무 영역이 그 이전 단계의 공정에 있는 디자이너나 포토그래퍼에게로 넘어가면서 작업비가 현저히 낮아지게 되었다. 또 CTP* 도입으로 인쇄 필름이 필요 없게 되면서 자재 비용이 줄고 인쇄 정확도가 향상되는 등의 이점도 생겼지만, 인쇄판** 비용을 취하는 것이 어려워졌다고 한다. 또한 고품질 잉크젯 등의 품질이 우수해지면서 교정지***를 저렴하고 빠르게 찍어낼 수 있게 되어 제작 일정도 점점 여유 없이 진행된다.

저렴하고 빠르게 괜찮은 물건을 만들게 되는 건 좋은 일이다. 그만큼 누구나 부담 없이 결과물을 손에 넣을 수 있게 된다는 뜻이기 때문이다. 하지만 디지털은 무엇이든 쉽고 빠르게 처리한다는 인식이 있는 만큼, 뭐랄까…… 이름도 붙이기 힘든 사소한 일에도 사람의 수고가 들어갔다는 사실을 없었던 일로 만들어 버리는 경향이 있다. 물론 그 부분까지 정확히 계산해서 청구할 수도 있지만, 가격 경쟁력이라는 건 이름 붙일 수 없는 작업을 없었던 일로

---

*   computer-to-plate의 약자로, 편집 데이터를 필름 공정 없이 곧바로 인쇄판에 출력하는 방식이다.

**   오프셋 인쇄에서 사용되는 인쇄용 알루미늄판. 노광·현상을 통해 착색 부분에만 잉크를 올린다.

***   조판한 인쇄물을 교정하기 위해 찍어 낸 종이를 말한다. 색 조정이나 감리 등을 위한 인쇄 교정지를 가리키기도 한다.

만듦으로써 생겨난다.

소프트웨어 업데이트, 설비 교체, 잦은 인력 이탈, 업종 변경, 폐업, 구조조정……. 거래처와 외주처를 망라한 업계 상황이 날로 변하는 게 피부로 느껴졌다. 출판 불황이란 말을 온몸으로 느끼며 관리부로 자리를 옮긴 나는 납기를 맞추는 것을 최우선으로 생각하면서도 어떻게든 인쇄 퀄리티를 유지해야 한다는 생각을 한시도 멈춘 적이 없었다.

내가 일하던 인쇄 회사는 미술서와 화보집을 주로 취급하는, 뛰어난 기술로 정평이 난 곳이었다. 당연히 고객도 그 기술이 필요해서 작업을 의뢰하는 것이지만, 제대로 된 대가를 받느냐 하면 그건 또 아니다. 작업에 따라서는 협정 단가라는 게 적용되는 경우도 있어서 난이도나 공정은 그때그때 다른데 받는 금액은 매번 거기서 거기였다. 20대였던 나는 도무지 그런 구조가 이해되지 않았다. 세상은 아이패드의 일본 상륙으로 전자책 비중이 점점 높아져 기존의 책을 '종이책'이라고 구분해서 부르기 시작하던, 그 무렵의 일이다. 책을 만든다는 건 과연 무엇인가. 잠깐 걸음을 멈추고 진지하게 생각해 볼 필요가 있었다.

구체적으로 시도한 것은 두 가지다. 첫 번째는 내 손

으로 책의 형태를 만드는 법을 배우기. 공방에 수제본을 배우러 다녔다. 행여 지금의 책 만드는 체제가 유지되는 것이 어려워져도 내 손으로 책의 형태를 만들 수만 있다면 어떻게든 되지 않을까? 무엇이 어떻게 된다는 것인지도 잘 모르면서 대책도 없이 그렇게 믿었다. 제본은 종이 다발을 묶어 책의 형태로 만드는 행위다. 평면이었던 종이가 제본 작업을 거쳐 비로소 입체적인 형태를 갖는다. 제판부에서 일하던 시절, 효율적인 인쇄를 위해 인쇄판에 페이지를 적절히 배치하는 터잡기 작업을 한 적이 있다. 그 작업을 하려면 책의 사양을 정확히 이해할 필요가 있다. 책장은 오른쪽 펼침인지 왼쪽 펼침인지, 접지 번호*는 어디에 넣는지. 제본 방식은 실 제본**인지, 아지로 제본***인지, 무선 제본****인지, 여백은 어느 정도로 둘 것인지 등등. 터잡기는 아마 인쇄 작업 중 제본과 가장 밀접하게 관련된 작업일 것이다. 언젠가 꼭 제대로 제본을 배우고 싶었다.

두 번째는 구니타치에 있는 '구니타치책방'이라는 책과 지역사회를 테마로 하는 커뮤니티 공간의 운영진 중 한 명으로 참여하는 것이었다. 책과 관련된 다양한 사람의 이야기를 들어 보고 싶다고 생각하던 차에 멤버로 참여하게

---

* 접지의 등 부분에 서명이나 접는 숫자를 표시한 것.

** 접지를 한 묶음씩 실로 엮은 후 접착제로 접합하는 제본 방식.

*** 접착제가 잘 붙도록 접지 부분에 홈을 파 책등을 튼튼하게 고정하는 제본 방식.

**** 책등에 접착제를 발라 책등을 고정하는 제본 방식.

되었다. 길가의 작은 공간을 임대해 각자 가지고 온 책을 진열하고 차를 준비하고 누군가 문을 열고 들어오기를 기다린다. 수상한 곳으로 의심받은 적도 있지만, 유리창 너머로 큰 책장에 책이 많이 꽂혀 있는 걸 보고 책에 관심 있는 사람들이 하나둘 들어와 어떤 책을 좋아하는지, 왜 책을 좋아하는지…… 이런저런 이야기를 하기 시작했다. 책이 꽂혀 있다는 이유만으로 사람들은 우리를 믿고 마음을 열어 주었다. 책의 위대함을 다시 한번 깨달았다. 또 순수하게 책을 사랑하는 독자가 존재한다는 사실을 알게 되었다. 인생에서 책이 필요하다고 믿는 사람들이 분명히 존재했다. 그러니 무엇을 위해 힘들게 책을 만드는지가 명확해졌다. 그리고 서점에 대해서도 다시 생각하게 되었다. 그동네 사람을 알고 싶으면 서점에 가면 된다는 사실을 배웠다. 서점은 거리의 색깔을 반영하고, 책을 필요로 하는 사람에게 그 책을 연결해 준다. 그런 당연한 사실이 눈에 들어왔다. 그동안 종이 재질이나 디자인만 보고 책을 고르거나, 읽으려고 사 놓고도 중간에 싫증나서 그만두는 경우가 많았는데 책에 적힌 말을 끝까지 제대로 읽는 일에 관해 다시 한번 생각하게 되었다.

한편 책과 관련된 일을 하는 비슷한 또래 사람들과

이야기를 나눌 기회도 많아졌다. 편집자, 디자이너, 교정자, 영업, 총판, 서점 등등. 우리는 이제 사회 초년생이 아니다. 미래가 그리 밝지 않다는 업계에서 주도적으로 일을 이끌어 나가야 할 세대라는 걸 깨달았다. 동시에 불황이라서 생겨난 새로운 움직임과 사고방식도 접하게 되었다. 그들은 씩씩하고 믿음직스러웠다(이 책에서도 그걸 느낄 수 있을 것이다).

경제적으로 풍족하길 원한다면 선뜻 추천하기 힘든 일이 출판이다. 그러나 책을 만들고 전하는 일에 진지하게 임하고 있는 사람들을 만나며 나의 시야는 부쩍 넓어졌다. 책 만드는 일이 재미있는 이유 중 하나는 모두가 각자의 전문성을 발휘하며 릴레이를 하고 있다는 것이다. 책도 하나의 공산품이라면, 기획에서 완성까지 이렇게 많은 사람의 손길과 기술과 수고가 들어가는 상품은 없을 것이다. 그 모든 것은 독자에게 책을 전하기 위해서다. 그리고 가능하면 오래도록 책이 읽히기를 바라는 마음에서다.

지레 겁먹거나 도망칠 필요가 있을까. 오늘 아침에도 4톤 트럭이 좁은 골목길을 유유히 빠져 나가는 모습을 보았다. 저렇게 큰 트럭이 책을 나르고 있다면, 아직 희망이 있다.

가제본

그렇게 나는 제본 회사로 이직해 현재는 가제본 제작을 담당하고 있다. 가제본은 디자이너가 디자인을 할 때 필요한 책의 모형이다. 기본적으로는 아무것도 인쇄되어 있지 않은 백지를 사용한다.* 적으면 1권, 많아도 5권 정도만 필요해서 기계를 쓰지 않고 주로 수작업으로 만든다. 기계로 대량생산하는 건 디자인과 인쇄까지 완료된 뒤이다. 글로 전달이 잘 될지 모르겠지만 공정을 설명해 보면 이렇다.

우선 본문에 사용할 종이의 종류(종류에 따라 종이의 이름도 다 있다)와 만들 책의 총 페이지 수가 정해지면 정해진 종이를 페이지 수만큼 묶어 버니어캘리퍼스라는 측정기로 두께를 잰다. 그 두께를 알면 책등의 폭이 얼마나 되는지 알 수 있다. 그걸 토대로 제작한 것이 가제본이고, 그 가제본을 디자이너가 실측하여 레이아웃 데이터로 활용한다. 예컨대 제목을 책등 정중앙에 넣거나 책등에서 벗어나지 않도록 조절할 때 필요하다. 또 커버를 씌웠을 때 날개**가 몇 밀리미터 위치에서 접히는지, 들었을 때의 무게는 어떤지, 페이지를 넘기는 느낌은 어떤지, 예상했던

---

* 한국 출판 업계에서 쓰이는 '가제본'이라는 용어는 보통 인쇄 직후 제본 전 단계에서 최종 확인을 위해 접지해 묶음한 상태의 출력물을 말한다.

** 커버로 표지를 감쌀 때 안쪽으로 접히는 부분 또는 겉표지 일부를 안으로 접은 부분이다. 보통 앞날개에는 저자 프로필 등이 실린다.

분위기와 다르지는 않은지 등등 책의 이미지를 조율하는 데 활용한다.

가제본을 전달하고 한두 달 뒤에는 백지가 아니라 인쇄소에서 제대로 인쇄한 인쇄본을 제본기에 넣어 대량으로 생산한다. 이때 만약 가제본을 토대로 디자인한 것이 실제로 제본한 것과 맞지 않는 사태가 벌어지기라도 하면 큰일이다. 사전에 가제본을 제작한 의미가 없어지기 때문이다. 케이스에 든 책은 특히 까다롭다. 두세 번 흔들었을 때 책이 케이스에서 쏙 빠지는 것이 이상적이다. 너무 딱 맞아도 안 되고 너무 헐거워도 안 된다. 책이 완성된 후에 거기에 맞추어 케이스를 만들면 되지 않느냐고 생각할지도 모르지만, 그러면 납기 일자를 맞추기 어려우므로 어쩔 수 없다. 케이스도 가제본을 기준으로 만든다.

그런데 가제본 제작과 정식 제작 때 같은 종류의 종이를 사용하더라도 제지 회사의 제조 로트*에 따라 종이 두께가 다른 경우가 드물게 있다. 아무리 정확하게 제본해도 종이의 두께가 일정하지 않으면 당연히 책의 두께도 달라져서 문제가 생긴다. 그래서 아주 신중을 기할 때는 미리 같은 로트의 종이를 사 두기도 한다. 종이 한 장 한 장의 두께는 거의 균일해도 몇백 장이 겹쳐졌을 때 두께가 조

금씩 달라지는 것은, 초대형 화장지 모양의 심지가 빙글빙글 돌아가는 제지 공장의 규모를 생각했을 때 무턱대고 비난할 일만은 아니다. 그러니 정확도를 높이고 싶다면 그런 것까지 고려하는 수밖에 없다.

그래도 수작업한 책과 기계로 만든 책은 아무리 똑같은 공정을 거치더라도 절차가 다른 만큼 약간의 오차가 생기는 건 어쩔 수 없다고 이해해 주는 분위기다. 수작업이라고 하면 장인이 만든다는 이미지가 있어서 기계보다 사람의 손으로 만든 것이 정성스럽고 깔끔하다고 생각하기 쉽다. 확실히 수작업이 세세한 부분까지 신경을 쓰고 융통성 있게 작업할 수 있는 면은 있지만, 힘 조절이나 작업 속도를 기복 없이 균등하게 유지하는 건 기계를 따라갈 수 없다. 즉 사람의 장점과 기계의 장점이 엄연히 다르고, 그에 따라 가제본과 실물 책 사이에서 오차가 발생하기도 한다. 그 전에 감각 차이도 있다. 유심히 보면 수작업이든 기계든 손재주가 있는 사람은 무슨 책을 만들어도 잘 만든다. 손재주가 없는 직공도 있다는 것을 잊지 마시라. 변명이라면 변명이지만……. 어찌 됐건 가제본 덕에 디자인이 원하는 대로 잘 나왔다는 말을 들으며 작업을 하고 싶다.

수제본을 배웠던 경험이 가제본을 담당하게 된 것에

영향을 주었냐고 묻는다면 사실 그렇지는 않다. 손으로 책을 만든다는 점은 같지만 목적이 전혀 다르기 때문이다. 수제본은 유럽에서 시작된 예술 제본을 뜻하는 를리외르*에서 유래한 것으로, 복원을 포함해 개인 장서를 제본하는 것을 일컫는다. 수제본의 존재 의의는 거의 작품에 가깝다. 최근에는 취미로 수제본을 즐기는 사람도 많아 책의 장식이나 형태를 취향껏 만드는 것이 제작의 묘미다. 한편 가제본은 접근이 정반대다. 공산품으로서 적합한 책 형태가 정해져 있고 그것을 목표로 제작한다.

제본 회사마다 자신들이 생각하는 아름다운 책의 형태가 있다. 들었을 때 손에 착 감기고, 페이지가 기분 좋게 넘어가며, 마지막에는 안정감 있게 탁 덮이는 책. 이를 위해 알맞은 제본 설계가 수치화되어 있고 가능한 한 그 수치에 맞게 가제본을 만들어 디자이너에게 전달하는 것이 가제본 담당자의 역할이다. 그 작업은 마치 쿠키 틀에 맞추어 반죽의 모양을 만드는 것과 같은 역설적인 행위다.

착한 아이 못된 아이

책에 사용하는 종이는 1만 종류가 넘는다고 알려져 있다. 미술서나 사진집은 잉크 색상이 깨끗하게 표현되어

---

*   relieur. 프랑스어로 제본, 제본공이라는 뜻이다. 공예품으로서 제본된 책이나 그 기술을 이르기도 한다.

야 하므로 표면이 반질반질한 종이, 소설은 글을 읽기에 편하고 분위기 있는 질감의 종이를 선택한다. 이를 두고 인쇄 적합성을 추구한다고 하는데, 실제로 종이의 종류는 수없이 많고 용도도 다양하다. 종류에 따라 두께도 다양해서 시집처럼 페이지 수가 적지만 책에 볼륨감을 주고 싶을 때는 두꺼운 용지를 쓰고, 사전처럼 페이지 수가 아주 많지만 한 권으로 묶어야 할 때는 얇은 용지를 쓴다. 두꺼운 용지라고 해서 무게가 무조건 무거운 것은 아니다. 두꺼워도 밀도가 낮고 가벼운 종이가 있는가 하면, 얇아도 밀도가 높아 무거운 종이도 있다. 컬러도 다양해서 선명한 색 표현을 원하면 화이트색, 글자를 읽을 때 눈을 편하게 하려면 아이보리색, 독특한 느낌을 내고 싶을 때는 블루 계열, 연애 소설에는 핑크 계열 등등 용지도 고르자면 끝이 없다.

　매일 다양한 종류의 종이가 입고되는 모습을 보면 책 만들기에 대한 일본인의 고집이랄까 에너지 같은 것이 새삼 느껴진다. 사실 블루 계열, 핑크 계열이라고 해도 실제로 나란히 놓고 비교하지 않는 한 모두 비슷한 흰 종이로 보인다. 눈앞에 종류가 다른 두 종이가 있다는 걸 알고 봐도 섞여 있으면 전혀 구별이 되지 않는 것도 있다. 웬만큼 특징이 뚜렷한 용지가 아니고서야 종이 종류를 바로 구별해 낼 수 있는 건 제지 회사 사람 정도일 것이다.

　　그래도 재미있는 건 일정량의 페이지만큼 묶어서 보면 한 장 단위로는 몰랐던 종이의 특징이 두드러진다는 것이다. 묵직한 무게감이 느껴지기도 하고, 팔랑거리는 경쾌함이 느껴지기도 하며, 촉촉하게 감기기도 한다. 어떤 종이를 썼냐에 따라 책의 이미지가 달라지는 걸 보면 역시 종이 종류를 고집하는 데는 이유가 있겠구나, 하고 납득한다. 개인적으로 내가 좋아하는 종이는 최근에 단종되긴 했지만 오지王子 제지사의 'OK 소프트아이스크림·피치'라는 핑크 계열 색상의 종이다. 이름처럼 가슬가슬 복숭아 껍질 같은 질감이 압권이다. 종이 이름은 일반 사람들이 잘 접하지 않는 것이라 그런지 재미있는 것이 많다. 같은 핑크 계열 색상의 종이 중에 'OK 프린세스·로즈'라는 종이도 있는데, 홈페이지의 홍보문에서 "전에 없는 고급스러운 핑크 색상을 구현했다"고 홍보하고 있다.

　　책을 읽을 때 그 책장에 색이 있다는 걸 인식하는 사람이 몇이나 될까. 이 책은 보기보다 가볍네, 하는 것 정도는 생각할지도 모르겠다. 장시간 독서에 피로하지 않도록, 조금이라도 편하게 들고 다닐 수 있도록 용지의 경량화 또

한 눈부시게 발전했다.

종이의 특성상 제본이나 인쇄와 관련해 피해 갈 수 없는 애로 사항도 있다. 종이의 원료는 나무다. 나무는 종이가 된 뒤에도 여전히 숨 쉰다. 여전히 숨 쉬니 여름의 수분, 겨울의 건조함이 종이에 영향을 미치고 그러니 어제 다르고 오늘 다르다. 종이가 책이 되어 서점에 진열된 뒤에도 습도 차이로 종이끼리 달라붙는 정도가 달라진다. 건조한 겨울철에는 책 표지가 입을 벌리듯 쩍쩍 벌어져 옆 책과의 간격에 틈이 없다. 날이 습할 때는 간격이 여유롭다. 그런 기후 변화까지 고려해 제본을 하면 책이 신기할 정도로 손에 착 감긴다. 그럴 때면 벌써부터 책이 독자의 손에서 기분 좋게 넘어가는 장면이 그려진다.

현장에서 일하는 사람들은 이렇게 감상적인 말을 하지 않는다. 생각조차 않는다. 오랫동안 책을 제작하는 현장에 있으면서 재미있다고 느낀 것 중 하나가, 책을 만드는 기술자들은 정작 책에 크게 관심도 없고 서점에도 안 가지만 책을 좋아하는 세상 그 누구보다 책의 구조에 정통하고 품질을 보는 눈이 까다롭다는 것이다. 파본, 즉 잘못 만든 책(미안합니다)을 '못된 책'이라고 부른다. "못된 책은 거기에 쌓아 둬!" 해서 가리키는 쪽을 보면 언뜻 봐서는 어디가 문제라는 건지 도통 모르겠는 것도 있다. 휘거나 오염이 되어 누가 봐도 뭐가 잘못됐는지 알 것 같은 책도 있지만, 이 정도는 봐줘도 되지 않을까 싶은 책도 있다. 일단 책의 형태를 갖추고 나면 아무리 못된 아이, 아니 못된 책이라도 내 자식 같은 마음이 든다. 못된 책이라는 말을 들으면 가슴이 쓰리다. 평소 책이라고는 한 권도 읽지 않는 아저씨들이 이건 이래서 안 되고 저건 저래서 안 된다며 책을 이리저리 뜯어보는 모습은 언뜻 책에 대한 애정이 넘쳐나는 것처럼 보일 수도 있지만, 아까도 말했듯 사실은 책이라고는 한 권도 읽지 않으니 완전히 콩트다. 아니, 일이다.

인쇄 회사에 다니던 시절, 교정지를 인쇄하는 직공이 모리야마 다이도 씨의 사진집을 작업하고 있는 걸 보고 이게 얼마나 저명한 사진작가의 작품인지 아냐며 옆에서 설명하자 그건 자기와 아무 상관도 없고, 자기가 관심 있는 건 이 책을 어떻게 하면 잘 찍어 내나 하는 것뿐이라고 딱 잘라 말해 뒤통수를 한 대 맞은 기분이었다. 나는 일터에 산더미처럼 쌓인 책도 어느 것 하나 그냥 지나치지 못하고 이 책은 오랜만에 중쇄를 찍어서 다행이고, 이 책은 커버가 멋지다며 (마음속으로) 온갖 호들갑을 떠는데 말이다.

가제본을 만들기 전에 예전부터 팬이었던 디자이너가 담당 디자이너라는 걸 알고 손이 떨렸던 적도 있다. 일의 대상에 너무 정을 붙이지 않아야 좋은 결과물을 만들어 낼 수 있다는 게 최근에야 갖게 된 지론이다.

책이 뭐 별거인가

어렸을 때부터 막연하게 책 읽기를 동경하던 내가 만화를 제외하고 처음 읽은 책이 위인 전기였다. 헬렌 켈러, 퀴리 부인 등등. 별로 재미가 없었다.

아아, 뭐 재미난 책 없을까! 거실에 있는 아버지의 책장을 멍하니 바라보다가 수많은 비즈니스 서적 사이에서 예쁜 꽃과 새가 그려진 책을 발견했다. 당시 아주 인기 있던 요시모토 바나나 씨의 『티티새』였다. 다른 책과는 확연히 분위기가 달랐다. 재미있을 것 같아서 아무 생각 없이 꺼내 읽었는데 진짜 재미있어서 깜짝 놀랐다. 책의 세계로 향하는 문이 열리던 순간이었다. 그때부터 같은 저자의 다른 책을 찾아 읽는 방식으로 책을 읽기 시작했고, 도서관에 가서 비슷한 느낌인 다른 작가의 책을 찾아 읽기도 했다.

처음으로 만화가 아닌 책을 사려고 찾아간 곳은 요코

하마의 유명 서점인 '유린도' 이세자키초 본점이었다. 우리 동네 사람들은 동네 책방에 찾는 책이 없으면 무조건 유린도로 갔다. 넉넉하지 않은 용돈 탓도 있고, 유린도에서 씌워 주는 문고본 커버(레자크* 종류로 총 10가지 색상이 있었다)가 좋아서 문고본을 자주 샀다. 코트 PP**가 아니라 바니시***만 칠한 표지의 질감, 형형색색의 책등, 그리고 무엇보다 갈색의 가름끈****이 마음에 든다는 이유로 신초 문고도 처음 샀다. 하지만 대단한 독서가가 되지 못한 걸 보면 그때부터 내용보다는 책의 겉모양에 목숨 거는 부류였던 것 같다. 그러고 보면 어렸을 때부터 캐릭터 노트보다 백색 리포트 용지를 좋아했으니, 이미 종이와 함께할 운명이었는지도 모른다.

어쨌든 책은 첫 만남이 중요하다고 생각한다. 나의 경우엔 운이 좋게도 아버지의 책장에서 『티티새』를 발견했다. 책을 좋아하는 사람들이 보기엔 그리 이상적인 책이 아닐지도 모르겠지만, 꼭 책장이 아니더라도 테이블에 무심코 올려진 책 한 권이 그 집 아이의 첫 책이 되는 선물 같은 일이 지금도 일어나고 있다고 생각한다.

사람에 따라 책이 비싸다고 생각될지도 모르겠지만,

---

*   가죽 같은 무늬로 엠보스 가공된 용지.

**   광택을 내거나 보존성을 높이려고 인쇄된 용지 위에 코트제를 도포하는 것. 무광과 유광 코팅이 있다.

***   내마찰성과 내수성 등을 높이려고 인쇄면에 바르는 수지액.

****   주로 읽던 곳을 표시하기 위해 책갈피에 끼워 넣는 끈.

그럭저럭 1권 정도는 부담 없이, 좀 망설여져도 2권 정도는 살 수 있는 가격에 책이 팔리고 있다는 사실이 간혹 감동적으로 느껴진다. 기획 단계부터 시작해 책 한 권이 완성되어 독자에게 도달하기까지 대체 얼마나 많은 사람의 손을 거칠까. 대강만 생각해도 어마어마한 숫자일 것이다. 정확한 숫자는 아무도 모른다. 일의 대가라고 생각하면 단가를 좀 더 올려 달라고 하고 싶기도 하고, 어차피 팔리지 않을 거라면 책을 좋아하는 사람을 위해 최고급 한정판으로 엄청 비싸게 만들면 되지 않을까 하는 생각도 든다. 실제로 그런 책들이 존재하고 그건 그것대로 좋지만 그래도 역시 책이 일부 사람의 취미가 되는 건 아무래도 썩 내키지 않는다.

　독자 여러분은 제작 현장 사람들이 모두 출판 업계에 정통하고 종이에 대한 애정까지 넘치며 책을 애지중지하는 그런 이상적인 풍경을 기대할지도 모르겠다. 하지만 책이 뭐 별거인가, 하나도 특별할 것 없다, 하는 태도로 책을 만들고 파는 것이 더 명쾌하지 않을까. 현장에는 책에 관심 없는 사람도 많지만 자기가 맡은 일만큼은 책임지고 한다. 개중에는 술을 마시려고 일을 하는 사람도 있다. 이제는 사치스러운 생각이 되어 버렸는지 모르지만, 책을 만들고 파는 일이 세상의 수많은 일 가운데 누구나 선택할 수 있는 평범한 직종으로 남았으면 좋겠다. 그래야 책을 사는 사람도 보통의 누군가일 테고, 그렇지 않으면 어린 시절의 나도 책과 만날 수 없었을 것이다.

내가 있는 현장에는 초판만 무려 50만 부를 찍는 주문이 들어올 때도 있다. 그 정도 수량을 전국 곳곳으로 유통시키려면 모든 면에서 합리성과 효율성이 요구된다. 무조건 많이 만드는 게 좋다는 게 아니라 불특정 다수의 독자에게 전달되는 이 강력하고도 유일무이한 체제에 특별한 의미가 있다고 생각한다. 독자가 책을 만날 기회는 많으면 많을수록 좋다고 생각하기 때문이다. 우선 평범한 책을 만나 책에 흥미를 가지면 그다음에는 얼마든지 많은 책과 연결될 수 있다. 그 시발점이 되는 아주 평범한 책도 알고 보면 온갖 정성을 다해 키운 아이다. 멋진 일이다.

각 분야의 전문가들이 각자의 전문성을 발휘해 릴레이로 책을 만드는 것이 좋다. 조직, 회사, 이해관계 혹은 제한된 환경 속에서 책을 만들고 파는 일은 때로 고달프지만 분명 미래를 향해 메시지를 전하는 일이다. 그런 믿음을 갖고 책을 만드는 사람들에게 조금이나마 도움이 될 수 있다면 언제까지나 이 일을 계속하고 싶다.

가사이 루미코笠井瑠美子
1980년생. 무사시노 미술대학 디자인정보학과 졸업 후 주식회사
도쿄인쇼칸에 입사했다. 제판부, 관리부를 거쳐 퇴직 후 디자인
제작 회사에 근무하며 수제본 공방 마루미즈구미에서 수제본을
배웠다. 현재는 가토 제본 주식회사에서 가제본 제작을 담당하고
있다. 문예, 인문서 등의 하드커버를 주로 다룬다.

뒤에서 일하는 즐거움

총판 · 가와히토 야스유키

서점 시절

구매부 사무실 겸 하역장은 백화점 반입구로 들어오는 슬로프와 얇은 벽 하나를 사이에 두고 주차장 한쪽에 있어서 비탈길을 오르는 납품 차량의 엔진소리가 끊이지 않았다. 처음으로 책과 관련된 일을 시작한 리브로 이케부쿠로 본점에서는 잡지·생활서 코너 계산원 아르바이트를 두 달 정도 했고 그 뒤, 구매부에 계약직 자리가 생겼다고 해서 그쪽으로 옮겼다. 구매부에서 며칠만 일하면 누구나 출판도매업체 닛판(일본출판판매)의 트럭 엔진소리를 구분할 수 있게 된다. 이스즈Isuzu 트럭이 비이익 하고 갈라지는 엔진소리를 내며 무거운 듯 회전수를 높이며 올라온다. 책은 백화점에서 취급하는 물건 중 가장 무거운 물건이 아닐까.

왜 닛판 트럭 엔진 소리에 유독 귀가 쫑긋해지느냐 하면 닛판에서 오는 책을 분류하는 일이야말로 구매부의 주요 일과이고 또 이 일이 시작되면 모든 인원이 붙어 한동안 여기에만 매달려야 한다는 긴장감 때문이다. 하루에 두 번, 특히 신간이 들어오는 오후 차량 시간이 다가오면 다들 하던 일을 마무리하려고 분주해지고 매장에 있는 빈 카트를 수거하러 갔던(카트가 없으면 일을 할 수 없으므로)

사람도 돌아와 다 함께 하역장을 치우며 초조하게 기다린다. 벌써 20년이 지났지만 아직도 문득 그때가 그리워질 때가 있다. 그러다 "왔다!" 하고 누군가 소리치면 비샤몬(일터에서는 그렇게 핸드리프트를 브랜드명으로 불렀다)을 끌고 입구로 향한다. 몇 개월 일하다 보면 문고·신서 출간일이나 월말에 가까워질수록 달라지는 물량의 리듬을 몸으로 익히게 되는데, 대체로 신간은 서너 팔레트 정도다. 많으면 여섯 팔레트가 넘을 때도 있다. 여하튼 인터넷에서는 거의 책을 사지 않던 시절이었다. 한 팔레트에 일곱 박스씩 다섯 단으로 총 서른다섯 박스가 쌓여 있으니 상당한 양이다. 잡지는 바퀴 타이어가 망가진 철망 카트에 실어 비샤몬으로 끌고 온다. 의류와 생선으로 혼잡한 반입구를 헤치며, 피라미드를 건설하는 노예 행렬처럼 몸을 앞으로 기울여 있는 힘껏 밀고 끈다.

우선은 신간 박스부터 푼다. 다들 전용 절단기나 커터 칼 같은 도구를 가지고 닥치는 대로 끈을 자르고 박스를 열어 행선지별로 카트에 배분한다. 한 사람이 전표를 펼쳐 부르는 책 제목을 체크해 나간다. 동료끼리 모여 이런 책이 나왔다며 떠들기도 하고, 누군가 좋아하는 작가의 책이 있으면 그 사람에게 알려 주기도 하고, 나중에 서점 매장으로 보러 가려고 책 제목을 메모하기도 하면서, 어쨌든 한참을 작업한다. 책 정리가 끝난 팔레트를 벽에 세우면 다음 팔레트를 가져온다. 어느 서점의 구매 담당자든 마찬가지일 것이다. 신간 정리처럼 힘든 작업도 없긴 하지만, 그 특유의 즐겁고 활기찬 분위기가 꼭 축제 현장 같기도 하다. 곧장 각 코너로 흩어질 신간들이 번데기가 성충이 되듯 어둑한 하역장에서 차례로 그 모습을 드러낸다.

닛판에서 온 책들을 카트에 실어 각 분야별 코너로 옮기고 있으면 마르스, 즉 스즈키쇼텐 총판의 밴이 도착한다. 다들 스즈키쇼텐에서 오는 책을 좋아했다. 대형 총판인 닛판에서 오는 책은 고단샤나 신초샤 같은 메이저 출판사 책 중심이라 그것은 그것대로 당연히 기대가 되지만 가정의학이나 비즈니스, 자격증 수험서 등 개인적으로 흥미가 없는 장르의 책도 많았다. 그에 비해 스즈키쇼텐은 이와나미, 미스즈, 가와데, 세이도샤, 각 대학출판국 등등 평소에 관심 가는 출판사 책이 대부분이었다. 그때 말한 책이 이 책이라며 동료들과 책 이야기에 열을 올리게 되는 것도 이때였다. 신간은 물론이고 눈에 자주 띄는 재입고 도서도 제목과 저자명을 하나씩 외우기 시작했다. 스즈키쇼텐의 책까지 다 배분하고 나면 겨우 한숨을 돌린다. 그러나 곧 관보와 지방·소출판유통센터, 지도공판의 밴이 도착한다. 양판(일본양서판매)이나 터틀출판 등의 해외서적과 직거래 업체에서 오는 택배 상자도 산더미처럼 쌓여 있고, 내일 진열할 잡지 검품도 남아 있다. 그러나 잡지 검품은 적은 인원이 꼼꼼히 해야 하는 일이라 대부분(그래 봐야 총 5명 정도지만)은 반품*할 책을 꾸리러 각 코너 뒤의 공간으로 간다.

서점은 수많은 책을 계속 집어삼키는 거인과도 같다. 영양분으로 흡수되는(팔리는) 것은 극히 일부고 나머지는 매일 배설(반품)한다. 매입량은 계획할 수 있는 게 아니라서 어느 달은 결제할 월말이 가까워지면 매출에 비해 재고가 너무 많으니 이번 달은 지금부터 얼마만큼 반품하라는 지시가 본부로부터 내려온다. 그러면 하루에 몇 박스를 반품해야 할지가 정해진다. 예상보다 판매가 되지 않은 책은 당연히 반품이다. 수용 가능량의 문제뿐 아니라 이런 판매 지표도 반품 수량에 영향을 준다. 월별로는 그렇지만 연간 사이클도 있다. 서점은 권투 선수처럼 경기 전에 최대한 살을 빼야 한다. 경기란 바로 결산 재고 조사다. 언뜻 보면 항상 변함없이 평온해 보이는 서점이 사실 수면 아래에서는 맹렬히 발을 젓고 있다는 사실을 서점에서 일하기 전에

---

* 대부분의 서적은 위탁 기간을 경과해도 반품이 가능하다. 서점에서는 결제할 도서 대금이 많은 달이면 결제 월 이전에 대규모 반품 작업을 하기도 한다.

158

는 꿈에도 몰랐다. '연감'**이나 '상비'***는 물론이고 외상 매출과 외상 매입이란 단어조차 몰랐을 정도로 장사에 무지했던 나지만, 책뿐 아니라 수많은 전표를 접하며 조금씩 책의 유통 구조를 알아 갔다.

저녁이면 모두 각 코너에서 카트에 반품 박스를 싣고 돌아온다. 월말에는 야근까지 하며 반품 준비를 한다. 그리고 다음 날 닛판 트럭에서 새로 들어오는 물건을 내리면 바로 그 자리에 실을 수 있게, 조금 전까지 신간이 실려 있던 팔레트에 반품 박스를 쌓아 비닐 랩으로 감싸고 주변을 정리한 뒤 하역장에 준비해 둔다. 총판 일도 그렇지만 서점의 도서 구매 업무는 하루 일과의 끝이 분명해서 좋다. 아침에 일제히 일을 시작해서 저녁에 끝이 난다.

우리 구매부는 매일 함께 점심을 먹고 함께 휴식시간을 보냈다. 매장 사람들 눈에는 꽤 사이가 좋아 보였던 모양이다. 세이부 백화점의 직원 식당은 어마어마하게 크다. 메뉴도 다양해서 없는 게 없었는데 우리는 언제나 한 테이블에 모여 200엔 남짓 하는 우동이나 라면을 먹었다. 기본적으로 모두 아르바이트로 생활하고 있어 돈이 없었다. 뮤지션이 많았고 야간 영화학교에 다니는 사람도 있었다. 소

** 延勘. 서점이 상품을 매입할 때 출판사나 총판에 줄 결제를 몇 개월 늦추어 서점의 부담을 덜어주는 지불 조건. 대부분 고액 상품이나 세트 상품 등을 거래할 때 이용된다.

*** 常備. 기탁. 서점, 출판사, 총판이 계약을 맺고 정해진 상품의 판매를 위해 초기 비용 없이 일정 기간 진열하는 것이다.

형 영화관 열풍이 불던 시기라 다들 영화도 많이 보고 자주 음악과 영화 이야기를 나누었다. 우리 중 누가 라이브 공연을 하면 모두 함께 보러 갔고, CD며 카세트도 서로 빌려주었다. 잡지 특집 기사도 자주 화제에 올랐다. 『현대사상』現代思想이나 『유레카』ユリイカ는 지금도 있지만, 『비평공간』批評空間이나 『시행』試行, 『다이스』ダイス, 『데자뷔』デジャ=ヴュ, 『카예 뒤 시네마 자폰』カイエ・デュ・シネマ・ジャポン 등도 간행되던 시기였다. 아마추어 곤충 연구자도 있었다. 그는 곤충뿐 아니라 동물행동학과 구조주의 생물학에도 정통해서 생물·자연 전문 출판사인 신시사쿠샤의 책을 비롯해 그런 종류의 책들에 관해서도 많이 배울 수 있었다. 그는 휴일이면 교외에서 자원봉사로 곤충 관찰 가이드를 했는데 나도 그곳에 몇 번 따라갔다. 뮤지션들도 곤충 생태 이야기에 진지하게 귀를 기울였다. 미술관에도 자주 갔다. 지금은 없어진 시즌현대미술관은 사원증이 프리패스였다. 한번은 인근 구민 회관에서 개최 중이던 「이케부쿠로 몽파르나스전」 이야기가 나와 휴식 시간에 그대로 우르르 보러 간 적도 있다. 가난한 화가들의 코뮌에 잠깐 동경을 품었다가 돌아와 또 묵묵히 일을 했다. 돈은 없었지만 마음 편하고 행복한 시절이었다. 여기서 이렇게 평생 일해도 괜

찮겠다 싶었다. 하지만 구성원은 자꾸 바뀌었다. 몸이 좋지 않아서, 혹은 월급이 더 많은 직장을 찾아서, 하나둘씩 떠나고 새로운 사람이 들어왔다. 나도 말이 계약직이지 사실 시급 900엔짜리 아르바이트생이었고 결혼 생각도 있었던 터라(당시 아내는 잡지·생활서 코너에서 일했다) 세 번째 계약 갱신은 하지 않고 좀 더 번듯한 직장을 찾아 스즈키쇼텐으로 이직했다. 매일 얼굴을 보던 스즈키쇼텐 영업 사원과 상사의 권유도 있었고, 매일같이 책을 풀고 배분하면서 그것이 어디서 오는지 거슬러 올라가 보고 싶다는 마음도 들었다. 무엇보다 총판 중에서도 특히 내 취향의 책이 많은 스즈키쇼텐의 이면을 들여다보고 싶었다.

뒤에서 일하는 즐거움

'책을 선물한다'는 테마로 원고 의뢰를 받고 여러 가지로 생각을 해 보았지만, 개인적으로 지금까지 특별히 책을 선물하거나 선물 받은 기억이 없다. 다른 선물도 마찬가지다. 원체 센스가 있는 편이 아니라 소위 말하는 서프라이즈 같은 이벤트로 누군가에게 대단한 감동을 준 기억도 없다. 그중에서도 특히 책은 조심스럽다. 읽는 데도 적지 않은 시간이 걸리고 내용을 이해하기 힘든 책도 있다.

취미를 강요하는 건 아닌지, 상대에게 이미 있는 책은 아닌지, 이것저것 생각하다 보면 결국 아무것도 고를 수 없다. 젊을 때는 책 살 돈이 없기도 했다. 지금은 종종 아이에게 줄 책을 사서 들어가긴 하지만, 일에서는 어떨까. 서점에서도 판매직의 경우는 책을 선물한다는 느낌이 어느 정도 있을 테고, 책을 만드는 사람도 마찬가지일 것이다. 그러나 서점의 구매부나 총판, 즉 뒤에서 일하는 직무의 경우는 아무래도 그런 느낌이 별로 들지 않는다. 적어도 나는 그렇다. 주도적인 입장에서 '선물한다'는 생각은 들지 않는다. 들어온 상품은 바로 다음 장소로 보낸다. 붙잡고 있어서는 안 된다. 하루 일과가 끝나면 하역장에는 아무것도 남아 있지 않다. 기분은 후련하지만, 대신 우리 같은 노동자들은 책 어디에도 흔적이 남지 않는다. 그것이 불만이라는 건 아니다. 하지만 책 유통 노동자는 도대체 무엇일까. 누군가 왜 총판 일을 하느냐고 물으면 똑 부러지게 대답한 적이 없었기에, 이번 기회에 진지하게 한번 생각해 보고 싶었다. 우선 책과 관련된 일을 처음 하기 시작했을 때와 그 당시 동료들에 관한 이야기부터 해 볼까 한다. 지금 하고 있는 일도 분명 그 시절의 영향을 받았을 것이기 때문이다. 그런데 적성이라고 해야 할까. 책 관련

일을 하기 전부터 일을 하면 일단 뒤에서 하는 일을 선택했었고, 드러나 앞쪽에서 일하는 부서와 드러나지 않게 뒤쪽에서 일하는 부서가 있는 직장에서는 자연스럽게 뒤에서 일하는 부서로 배정되었다.

고등학교 1학년 때 처음으로 패밀리 레스토랑에서 아르바이트를 했다. 서빙 일이 아니라 주방 일이었다. 그 후에도 빌딩 청소, 건축 현장 일을 했고, 제일 많이 한 아르바이트는 이삿짐센터 일이다. 20대가 되어서도 대부분 일용직이었고, 시급직이라도 사람들이 기피하는 이른 새벽이나 심야 음식점 아르바이트 등으로 생계를 꾸렸다. 취업 준비도 제대로 해 본 적이 없다. 대학을 졸업하고 나서도 쭉 아르바이트로 생활했다. 엄밀히 말하면 취업 준비를 하는 시늉을 하긴 했다. 대학교 4학년 때 딱 한 번 정장을 빌려 입고 채용 설명회에 갔는데 의욕 넘치는 또래들을 보자 이내 기가 꺾여 버렸다. 책과 영화, 미술을 좋아해 탐닉하는 것과 취직은 좀처럼 연결되지 않았다. 졸업을 하고 사회에 나가기 전에 당시 공부하던 문학 책, 특히 대학도서관 지하 서고에 있던 문학 책들은 다 읽고 나가자는 생각을 했다. 그래서 아르바이트도 최소한으로 하고 식비도 줄였는데, 점차 계산이 어긋나 정신을 차려 보니 카드빚은 늘어나고 몸무게는 줄어 있었다. 슬슬 안정적인 일, 뭐든 좋으니 규칙적으로 오래 할 수 있는 주 5일제 일을 해야겠다 싶었다. 책을 좋아하니 가까운 서점에 가 보았는데 마침 아르바이트 모집 공고가 붙어 있었다. 과연 서점은 문과생이 취업하기에 꽤 그럴듯한 장소였다. 그동안 일급이나 시급만 보고 고른 일들은 하나같이 몸이 고된 일이었다. 그런데 돈은 적게 벌어도 지식 욕구도 채우고 수다도 떨며 좋아하는 일을 하면 몸과 마음이 편하다는 사실을 깨닫게 된 것이 내게는 혁명적인 일이었다. 처음에는 계산대에서 일했는데 손님 응대도 서툴고 행동도 영 굼떴다. 구매부에 빈자리가 났다는 말을 들었을 때 내심 '살았다' 싶었다. 그 후 조례 시간에 백화점 서비스 교육으로 판매직들이 웃는 연습을 하는 걸 카트를 밀면서 곁눈질해 보며 가슴을 쓸어내렸다. 하역장에는 관내 방송도 거의 들리지 않아서 일본프로야구시리즈 시즌에도 매장에서처럼 하루 종일 라이온스 응원가를 듣지 않아도 되었다. 여름에는 매일 앞치마에 소금기가 맺힐 정도로 덥고, 겨울에는 방한복이 제공될 정도로 추웠지만 구매부에 들어간 나는 물 만난 물고기처럼 가뿐히 움직였다.

스즈키쇼텐 시절

스즈키쇼텐에서 처음 1년은 도쿄 도내 조정과 소속의 장기 아르바이트로 일했다. '조정'調整은 책 분류를 말하는데 총 3명이 일했다. 조정과는 목조건물 1층 복도 한쪽에 있었다. 정확히 말하면 복도가 아니라 건물과 건물 틈새에 지붕만 덮은 곳이다. 여기도 겨울에는 방한복이 지급될 정도로 추웠다. 그러나 동선으로 보면 기다란 벽면은 책을 분류하는 작업대나 선반, 컨베이어 벨트를 설치하기에 적합했고, 외부에서 들어오는 책을 바로바로 각 부서에 전달하기에도 안성맞춤이었다. 복도 반대쪽 끝이 검수과이자 입구였다. 그 바깥으로 트럭들이 차례를 기다리며 줄을 서 있었다. 검수과 직원이 우리 쪽을 향해 책 제목과 권수를 큰 소리로 외치며 트럭에서 컨베이어 벨트로 책을 내린다. 그럼 우리 중 한 사람이 서둘러 파일에서 해당 배본표를 찾아 밀려 나오는 책을 카트에 싣는다. 우물쭈물하다 보면 금방 밀리기 때문에 재빨리, 그러나 나중에 무너지지 않도록 요령껏 잘 쌓아야 한다. 오전에는 주로 신간 위주인데, 나머지 두 사람이 카트로 각 구역의 담당자에게 가져다준다. 이케부쿠로, 긴자 등 각 구역별로 서점 담당자의 책상이 몇 개 놓여 있고 그 주위를 선반이 둘러싸고 있다. 책을 운반하러 간 두 사람도 혼자 고군분투하고 있을 동료를 위해 최대한 빨리 카트를 비우고 돌아와야 한다. 배본표는 배달하면서 담당별로 그 자리에 뜯어 놓고 온다. 거기에는 서점별 권수가 더욱 세분화되어 적혀 있어 각 구역 담당자가 서점별로 선반에 분배한다. 예를 들어 내가 있던 리브로 이케부쿠로 본점의 경우는 오후 배달로 그날 중에 신간이 들어간다.

주문한 책에는 서점 번선* 도장이 찍힌 슬립**이 끼어 있어 번선대로 책을 분류해 어느 정도 모이면 각 담당자에게 가져다준다. 저녁에 모든 트럭의 짐을 다 내리고 전부 각 담당자에게 보내고 나면 조정과의 빈 작업대에는 수십 권의 신간 견본이 일렬로 쭈르르 놓인다. 서점 담당자들이 다음 날의 아침 배달 짐을 다 꾸린 순으로 삼삼오오 모여, 오른쪽에서 왼쪽으로 줄을 서서 신간 견본을 확인하고 거기에 끼워진 배본표에서 자신의 담당 서점 칸을 찾아 주문 부수를 적어 넣으면 배본표가 완성된다. 우리 조정과 아르바이트 세 명도 신간 정도는 살펴보려고 줄을 섰다. 며칠 후 실제 입고에 대비해 기억해 둘 필요가 있었고 단순히 신간이라 궁금한 것도 있었다. 하루를 마감하며

---

*   番線. 서점과 총판 간의 원활한 도서 유통을 위해 독자적으로 설정한 코드.

**   slip. 책 사이에 끼워 놓는 서점용 보충 주문 전표. 서점에서 주문할 책이 있으면 긴 쪽을 잘라 서점의 인감을 찍은 뒤 총판 등에 건넨다.

서점 담당자들과 신간 견본을 놓고 이것저것 논평하는 재미도 쏠쏠했다. 구입하고 싶은 책이 있으면 배본표 마지막에 '조정 1'이라고 써 두면 표시한 부수만큼 책을 살 수 있었다. 때로는 '조정 3'이 되기도 했는데 그때는 모두 같은 책을 읽는 셈이니 이야기도 흥이 올랐다. 1권을 사서 돌려 봐도 되지만 다른 두 사람도 상당한 독서가라 먼저 읽으려고 경쟁이었다. 책에는 돈을 아끼지 않는다는 그곳 특유의 분위기도 있었다. 장기 아르바이트는 시급이 아니라 월급제였고 액수도 17만 엔으로 적지 않은 금액이었다. 게다가 직원 할인도 되고 외상까지 가능해 짧은 기간이긴 했지만 이때 꽤 많은 책을 샀다. 그동안 도서관에서 읽던 서평 전문지 『도서신문』이나 『주간독서인』 등도 매호 샀고, 좋아하는 책의 서평이나 읽고 싶었으나 아직 못 읽은 책의 광고면은 스크랩을 해 두었다.

조정과는 통로에 있어서 평소에는 만남의 장이 되기도 했다. 각 부서 사람과 운송사 기사들이 담배도 피우고 이야기도 나누었다. 연배가 있는 분들은 과거에 리어카로 책을 옮기던 시절의 이야기를 해 주기도 했다.

총판은 뭐니 뭐니 해도 판매소***다. 스즈키쇼텐도 면적으로 따지면 판매소가 가장 넓은 공간을 차지했을 것

*** 총판이 서점 구매 담당자를 위해 여는 매장.

이다. 책을 보관하는 공간이자 판매하는 공간이라 그렇게 부른다. 출판사별로 정리된 서가가 장관인데, 서점에서와는 또 다른 시각으로 책을 볼 수 있었다. 쉬는 시간에는 걸핏하면 판매소를 어슬렁거렸다. 지금은 판매소가 없어져 아쉬울 따름이다.

사라지는 숙련 노동자들

1년 뒤 정규직이 되었다. 판매 2과 2팀의 담당 구역은 간사이를 경계로 서부 지역 대학생협*이었다. 첫 정규직이라 처음으로 내 책상과 자리가 생겼다. 곧바로 내 전용 재떨이를 올려 두었다. 식은 올리지 않았지만 내친김에 혼인 신고도 하고 방 두 칸짜리 빌라로 이사했다. 이대로 정년까지 가는 것도 나쁘지 않겠다고 생각한 것도 잠시, 원래 좋지 않았던 경영 상태가 급격히 악화되어 기대했던 첫 보너스는 100퍼센트에 미치지 못하는 금액이었다. 그로부터 1년 뒤에는 인원을 대폭 감축하고 진보초에 있던 사옥을 매각해 이타바시로 이전했다. 상황이 이러하니 나도 마음 편하게 있을 수만은 없었고 이렇게 상황이 힘들어진 이유가 무엇인지, 앞으로 총판은 어떤 모습이어야 하는지를 진지하게 생각하기 시작했다. 조합이 주최하는 경영분석

---

*   학생과 교직원 등 대학 구성원을 조합원으로 하는 생협의 일종.

위원회 등에 참가해 대차대조표 보는 방법부터 공부했다.

판매과 내에서 한 차례 부서 이동을 거쳤고 마지막에는 도쿄 도내 대학생협 담당이었다. 학술서를 좋아하는 나로서는 대학생협이 잘 맞았던 것 같다. 그에 비해 도쿄 도내 대형서점은 직원 중에서도 일 잘하는 직원이 포진한 곳이었다. 그들을 중심으로 회사가 돌아간다고 해도 과언이 아니었다. 무슨 큰 사건이 생기면 제일 먼저 출근하는 사람도 그들이었다. 예를 들어 도카이무라 JCO 임계사고**가 터졌을 때는 판매소에서 방사능이나 원전 관련 책을 긁어모았다. 꾸물거리며 정시에 출근해 보면 이미 그들이 다 쓸어 간 뒤였다. 간밤에 저명인의 부고가 있으면 이른 아침부터 서점에서 관련된 저서의 주문이 들어오는데, 그 전에 미리 재고를 확보해 두어야 무사히 아침 배달로 보낼 수 있다. 서점의 대리인이기도 한 셈이다. 그런 의미에서 대형서점 담당자들은 회사 내부의 경쟁자이기도 했다. 매일매일이 전쟁이었다. 대신 이들은 담당하는 서점의 전폭적인 신뢰를 받았다. 베테랑이나 프로라는 말과 어울리는 사람들이었다. 그들에 비하면 나는 한참 뒤처져 있었다.

판매과 직원이 사내에서 하는 일은 담당 서점에 보낼 물건 세팅, 포장, 반품 개봉이다. 자기 자리가 있지만 포장

**   1999년 9월 일본 도카이무라에 위치한 핵연료 가공회사 JCO
에서 발생한 일본 최초의 방사능 누출 임계사고.

할 때만 사용하고 대부분 서서 일한다. '물건 세팅'은 서점에서는 매장에 책을 진열하는 것을 뜻하지만, 총판에서는 서점에서 도착한 주문 슬립대로 판매소에서 책을 꺼내 출고용으로 준비하는 것을 말한다(주문 슬립은 도쿄 내 서점의 경우는 담당자가 영업하러 갔다가 챙겨 오고, 지방 서점의 경우는 우편으로 온다). 주문 슬립은 각 팀에서 분담해 물건을 내는데, 처음에는 시간이 오래 걸려 판매소 사람이 많이 도와주었다. 주오코론신샤, 분게이슌주, 이와나미 같은 출판사의 문고·신서 담당자들은 하도 같이 찾아 주다 보니 나중에는 내가 책 제목만 대도 일련번호를 알아맞혔다.

　회사가 이전한 뒤에 줄어든 인력으로 어떻게든 서비스와 속도를 유지하려고 다들 매일 늦게까지 고군분투했지만 노력이 무색하게 1년도 지나지 않아 도산하고 말았다. 그 이후 중소 총판의 도산이 잇따랐다. 스즈키쇼텐 직원들도 출판사에 들어가거나 몇몇은 다른 총판으로 옮기거나 했는데 대부분은 소식이 끊겼다. 중소 총판은 전문 총판으로서 종합 총판인 대형 총판을 보완하는 역할을 했다. 그러나 그것이 없어진다고 해서 대형 총판이 그 역할을 감당하지 못하는 것은 아니다. 그리고 지금, 우리는 함께 일하던 그 많은 사람이 없어도 별 탈 없이 잘 흘러가는 세상에 살고 있다. 과거에 있던 것도 없는 상태가 오래 지속되면 일찍이 그것이 있었다는 기억마저 어느새 사라진다. 해마다 책 판매량이 줄고 책뿐 아니라 일본 전체 경기가 침체된 가운데, 모든 것을 값싸고 적은 인원으로 감당하고 있다. 대규모 물류창고로 물류가 집중되고 최종적으로 AI로 옮겨 가는, 합리화라는 큰 물결에 휩쓸려 가고 있다. 최근 쓰키지 시장이 도요스로 이전하는 문제가 화제가 되고 있는데* 토양 오염이나 건물 구조 등 여러 가지 논쟁거리가 있지만, 본질은 꼼꼼한 현장 운영보다는 앞서 말한 합리화라는 물결에 휩쓸렸다는 것이다. 수많은 숙련 노동자가 사라지지만 그로 인해 생겨난 잉여가치로 풍족해지는 사람은 아무도 없다.

JRC 시절

스즈키쇼텐이 도산하고 3개월간 남은 업무를 정리한 뒤 직업상담소에 몇 번 가 봤지만 마땅한 일거리가 없었다. 그러던 와중에 조합원 몇 명과 다시 한번 총판을 해 보자는 이야기가 나왔다. 인문서가 팔리지 않는다고는 하지만 도산 직전 어수선한 시기에 9·11 사건이 터지면서 중동

---

* 일본 최대 수산시장 쓰키지 시장이 시설 노후화 등을 이유로 83년 만에 폐장하고, 2018년 10월 도요스의 새 시장 부지로 이전했다. 최신식 설비로 정비하고, 시장 규모를 키워 관광객을 늘리려는 조치였다.

관련 책이나 서구와 문명을 새로운 시각으로 보는 책, 그리고 사회 운동과 정치·철학에 집중적으로 관심이 쏠렸다. 나도 그런 책들을 탐독했지만 일과 연관 짓지 못한다는 것이 몹시 안타까웠다. 문명 비판가 에드워드 사이드 열풍이 불었고, 정치철학자 안토니오 네그리의 『제국』도 출간되었다. 6개월이 지나자 실업급여도 끊겼지만 이후 책 운송사와 서점에서 3개월씩 아르바이트를 하면서 새 회사 설립 준비에 참여했다. 제일 힘들었던 건 거래처를 뚫는 것이었다. 나는 쉰 곳 가까운 출판사와 약속을 잡고 찾아다녔다. 스즈키쇼텐 도산으로 피해를 본 출판사로부터 호된 질책을 받기도 했지만 그때는 덮어놓고 사과하는 수밖에 없었다. 거래처를 뚫으러 갔다가 사과만 하고 오기 일쑤였다. 하지만 그게 인연이 되어 그 후 출판 노하우를 전수해 준 분도 있고, 돈이 궁한 내게 교정이나 간단한 컴퓨터 업무를 맡겨 준 분도 있어 많은 도움을 받았다. 이런 것들이 나중에 출판계에서 일하는 밑거름이 되었다. 아이가 생겼을 때 축의금을 준 출판사 대표님도 있었다. 생각해 보면 많은 사람의 도움을 받았다.

거래 협상차 갔다가 만난 데쓰가쿠쇼보 출판사의 고故 나카노 미키타카 선생님의 말씀은 지금도 잊을 수 없다.

선생님은 『에피스테메』エピステーメー와 『현대사상』을 창간한 전설적인 편집자로, 어느 날 저녁에 약속 시각에 맞춰 방문하자 기다렸다는 듯이 나를 자리에 앉히고선 쩌렁쩌렁한 목소리로 구텐베르크부터 현대에 이르는 책의 역사에 관해 이야기했다. 궁극적으로 미래에는 책이 뇌에 직접 도달해야 한다며 유통은 한낱 스트레스일 뿐, 유통이란 진화할수록 눈에 보이지 않는 쪽으로 가야 한다고 역설했다. 강의는 두 시간 동안이나 이어졌다. 하지만 결국 내가 할 수 있는 건 총판 업무에 관해 더 많이 고민하고 결함은 반면교사 삼아 조금씩 개선해 나가는 길밖에 없었다. 요컨대 구태의연한 비전밖에는 갖고 있지 않았다. 긴장한 탓도 있지만 선생님의 카리스마에 압도되어 반론 한번 제대로 못하는 내게 "자네는 보이지 않는 총판을 하게"라고 말씀하셨다. 그 후 선생님을 만날 기회는 없었지만, 지금도 머릿속에서는 그 대화가 이어지고 있다. "뇌에 직접 도달해야 한다"는 말은 받아들이기 힘들지만 "보이지 않는 총판을 하라"는 말은 수긍이 간다. "보이지 않는 총판을 하라"는 이 말은 지금도 내게는 큰 지침이자 딜레마다.

2003년에 1년 남짓 준비한 JRC(인문·사회과학서 유통센터)가 설립되었다. 스즈키쇼텐보다 소규모인 만큼 배달은 운송사에 맡기지 않고 직접 차를 운전하고, 배달 코스에 집하 코스도 끼워 넣는 등 일이 타이트해져서 업무 전체에 관여하게 되었다. 스즈키쇼텐에서는 구매부 일을 한 번도 경험해 본 적이 없었는데, JRC에서는 구매 업무와 판매 업무 둘 다 신경 써야 했다. 부수 결정부터 서점 배본까지 전반적으로 업무에 관여하기를 약 10년, 수많은 신간이 탄생하고 그것이 어떻게 팔리고 증쇄를 찍으며 안정세로 접어드는지, 또는 처음부터 팔리지 않는지 등을 총판의 시점에서 관찰하며 어느 정도 감각을 길렀다.

그러나 실적은 좀처럼 나아지지 않았고 아이가 있는 처지라 결국 뭔가 다른 아르바이트를 해서 생활할 수밖에 없었다. 마흔이 가까워질수록 일용직 노동은 점점 힘에 부쳤고 결국 부업으로 출판을 하자는 생각에 이르렀다. 총판에 몸담고 있으니 내가 만든 책이 어떻게 흘러가는지도 누구보다 잘 알 테고, 무엇보다 어차피 부업이라면 좋아하는 일을 하는 게 맞겠다는 생각이었다. 평소에도 서점 관계자나 출판인, 연구자 들과 함께 철학서와 예술서 등으로 스터디 모임을 열거나 함께 시위나 집회에도 나가고 있었던 터라 책을 집필할 사람이나 기획 소재는 얼마든지 있어서 마치 책으로 만들기를 기다리고 있는 것처럼 느껴졌다. 세상에 아직 번역되지 않은 좋은 책이 많다는 것도 알게 되었다. 당시 저자로 집필을 부탁하고 싶었던 사람 중에는 나중에 인기 작가가 된 대학원생 시절의 구리하라 야스시 씨도 있었다.

야코샤와 쓰바메 출판유통

출판은 부업이니 필연적으로 밤에 일하게 될 테고, 첫 책으로 낼 판화집과 이미지를 맞추고 싶기도 해서 이름을 야코샤夜光社로 정했다. 2012년의 일이다. 다만 실제로 책을 내기까지는 그 후로도 오랜 시간이 걸렸다.

다시 JRC 이야기로 돌아가, 금전적으로 부족한 부분은 어떻게든 부업으로 메운다손 치더라도 회사라면 적어도 사회보험은 가입해야 한다고 생각했다. 건강보험과 국민연금은 상대적으로 금액이 크고 직원들의 생활과도 직결되는 문제이기 때문이다. 그러나 이사회에 몇 번을 제안해도 다수결이라는 결정 방식으로는 무엇 하나 변하는 게 없었다. 제안이 아니라 요구여야 한다고 생각해 과감히 임원직을 사퇴하고 직원들과 함께 노조를 만들었다. 이때 경영진과 사이가 완전히 틀어져 제대로 일을 할 수 없는 지경에 이르렀다. 사면초가였다. 더 이상 일을 크게 만들 수는 없었다. 총판은 신용 장사라 회사가 기울기라도 하면 당연히 거래처에도 영향을 미친다. 특히 상당수에 달하는 JRC 독점 거래(일원화 거래) 출판사에는 큰 타격이 될 것이다. 거기에도 수많은 생계가 달려 있다. 총판이란 그런 것이다. 2012년 7월의 일로, 나는 그달에 퇴직했다. 연차수당도 퇴직금도 없이 급하게 업무를 인계하고 다음 일을 구상했다.

2000년대부터 1인 출판사가 우후죽순으로 생겨났다. 나도 출판사를 차릴 마음이 있었고 앞으로도 점점 늘어날 것 같았다. JRC도 그 영향을 받고 있었는데, 조금 더 특화된 형태가 필요하지 않을까 생각하고 있었다. 또 예술서는 총판을 거치지 않는 경우가 많았는데 그것을 조직화하면 서점에서도 수요가 있을 테니 하나의 장르로 구축할 수 있을 것 같았다. 회사 안에서 이를 위한 과제를 차례차례 해결해 나가려고 했지만 안타깝게도 번번이 실패로 끝났다. 출판사와 서점 사이에 무수히 많은 책이 그물코처럼 얽혀 있다면, 그 그물코 일부가 통째로 사라져 버리는 느낌이었다. 대부분의 사람에게는 황무지로 보였겠지만 내게는 곳곳에 작은 샘이 솟아나고 무수한 오솔길이 교차하는 옥토로 보였다. 스즈키쇼텐 도산 후에도 비슷한 생각을 했지만, 아무리 중소 총판이 소멸해 시장이 축소되어도 대기업이 모든 것을 커버할 수 있는 것은 아니다. 커버하지 못하는 부분을 굳이 힘들게 커버하지 않고 두어도 숫자로 보면 전체에서는 미미한 부분이다. 시장은 그런 식으로 부수적인 것을 배제하고 실리적으로 움직이지만, 그 미미한 숫자도 문화의 한 부분으로 생각하면 배제된 부분에 다른 무엇과도 바꿀 수 없는 가치가 있을 수 있다. 그 가능성의 싹을 자르고 싶지 않았다.

JRC는 창업 준비 시기부터 쭉 많은 부분을 관여해 왔던 터라 내 회사 같았고 이루고 싶었던 목표도 많았다. 계속 함께할 수 없는 건 아쉽지만, 그렇다고 다른 총판으로 옮겨 작은 출판사 담당 부서를 만들어 책임자로 맡겨 달라고 할 수도 없는 노릇이었다. 내 회사를 차려서 하고 싶은 일을 할 시기라고 생각했다. 운영 비용은 얼마나 들까 가늠해 보았다. 매일 어느 정도의 책을 운반하면 적어도 한 사람 월급은 되겠다는 계산이 바로 나왔고, 처음에는 힘들겠지만 충분히 해 나갈 수 있을 것 같았다. 지금 돌이켜봐도 다시 한번 총판을 하는 것 말고는 선택지가 없었다.

그러나 자금이 터무니없이 부족했는데, 출판사에서 근무하는 친구가 아무 때나 갚으라며 30만 엔을 선뜻 빌려

줬다. 또 도쿄 네리마에 있는 빌딩 한 채를 상속받은 대학 친구는 공실이 많으니 당분간 공짜로 쓰라며 사무실 하나를 내줬다. 한동안 그곳을 메인 물류창고로 썼다. 믿을 수 없겠지만 실화다. 모두 책으로 이어진 고마운 인연이다.

준비 중이던 출판사 야코샤는 JRC와 거래하기로 비공식적인 승인을 얻은 상태였지만 취소하고 새로 시작할 총판의 신규 거래처로 넣기로 했다. 막 독립해서 출판을 시작하는 친구도 신규 거래처가 되어 주었다. 이것으로 우선 거래처 두 곳을 확보했다. 출판사나 서점과의 거래 협상, 회사 등기 등의 사무 절차, 물품 구입, 홈페이지 제작 등 해야 할 일이 산더미 같았지만 이미 한 번은 다 경험해 본 일이었다. 7월에 리스트를 만들어 일의 순서를 정하고 8월 초부터 행동에 옮겼다.

새로 시작하는 이상 이미 다른 총판과 거래를 맺고 있는 출판사는 거래처 대상에서 제외했다. 그리고 우선 미술 비평지를 만드는 사람들을 찾아갔다. 서점 서가는 이미 널리 유통되고 있는 책으로 구성되어 있지만 그것들이 책의 전부는 아니다. 그중에서도 미술의 세계에는 물건 만들기에 능한 사람이 많다. 논의도 활발해 젊은 연구자나 아티스트가 직접 책을 만드는 것은 자연스러운 흐름일지도 모른다. 서점에 좀 더 비평적 담론을 불러오고 사람들의 관심을 끌어모으는 것이 미술계뿐 아니라 서점 서가의 활성화로도 이어질 것이다. 아무리 작품이 있어도 논의가 동반되지 않으면 책과 책이 이어지지 않고 맥락이 생기지 않는다고 생각했다. 물론 지금도 없는 건 아니지만 물자와 달리 문화는 다양할수록 좋다. 그런 미술 잡지에는 앞서가는 아티스트의 인터뷰나 해외 주요 평론이 번역되어 게재되는 일도 흔했다. 독립 출판은 단순히 젊은이들의 발표의 장이라는 걸 넘어 자신의 창작을 위해, 연구를 위해, 앞서 걸어간 사람들의 목소리를 듣고 싶다는, 아직 일본에 소개되지 않은 세계적인 수준의 아카데믹한 이론을 배우고 싶다는 간절한 열망이 뒷받침된 현상이다. 이로 인해 당연히 독자도 넓어질 테고 서점을 통해 널리 유통된다면 그런 책 제작자들이 지속 가능한 환경을 만드는 데 일조하리라 생각했다.

퇴직 후 새로운 회사 업무를 개시하기까지 한 달이 걸렸다. 저축해 놓은 것도 거의 없었다. 총판 창업이 아니었다면 이렇게 빠르고 저렴하게 할 수 없었을 것이다. 총판은 서점과 달리 장소에 구애받지 않고, 물류 회사처럼 큰 공간도 필요하지 않다. 극단적으로 말해 노동력으로서의 몸만 있으면 된다.

　창의적이거나 새로울 필요는 없었다. 목표로 하는 '보이지 않는 총판'이 되기는 당분간 힘들겠지만, 굳이 말하면 작은 것이 '드러나지 않는' 것과 가까울 것이다. 회사 이름도 공기처럼 있는 듯 없는 듯한 것으로 하고 싶었다. 그러면서도 택배사 구로네코(검은 고양이)나 펠리칸처럼 기억하기 좋아야 한다. 출판물을 유통하는 것이니 '출판유통'이라고 이름 붙이기로 하고 그 앞을 뭘로 할지 고민했다. 뭐가 좋을까 하다가 동물 중에서도 야생 조류 관찰이 취미이고, 소소하지만 새 관련 책을 수집하고 있기도 해서 새 이름으로 하기로 했다. 그러던 어느 날, 기분 전환도 할 겸 집 근처 다마강 부지에 아들과 캐치볼을 하러 갔다. 아이는 어른과 달리 웬만하면 싫증을 내지 않는다. 그날도 "슬슬 집에 갈까?" 했더니 더 하겠다는 것이다. "언제까지 할래?" 물었더니 "제비가 박쥐가 될 때까지"란다. 마침 제비떼가 춤추듯이 훨훨 날아다니는 계절이었다. 낮에는 제비가 날아다니다 땅거미가 질 무렵이 되면 어느새 박쥐가 날아다닌다. 집에 돌아와 제비라는 뜻의 '쓰바메 출판유통'이라 쓰고 시험 삼아 앞 글자 'ツ'(쓰)에 동그라미를 그려보니 꼭 웃는 얼굴처럼 보였다. 이걸로 가기로 했다.

판매관리 시스템은 업무의 근간이라 한 달 정도 충분히 구상했다. 구매, 지불, 판매, 청구를 모두 연결시켜 각종 전표 발행부터 단품 재고 관리까지 일원화했다. 전 회사에서는 판매관리 전문 업체에 맡겼었는데 총판은 구조가 복잡해 어쩔 수 없이 가격이 비싸다. 그렇다고 적당한 가격에 하자니 만족스럽지 않을 게 뻔했다. 이윤이 낮은 총판 사업에서 시스템 유지 관리비는 큰 부담이라 엑셀과 액세스를 조합해 판매관리 프로그램을 직접 만들어 보기로 했다. 매일 하는 업무가 데이터베이스가 되므로 업무 시작 전에 완성해야 하고, 처음에 제대로 만들어야 앞으로가 편하다. 출판사에도 최대한 투명하게 공개하고 싶어 납품 서점의 전표 발행 기록을 뽑아 언제든지 출판사에 제공할 수 있게 만들었다. 우여곡절 끝에 2012년 9월부터 서점 납품을 시작했다.

총판에 관하여

하다 보니 거래처도 많이 늘었다. 거래하는 출판사에서 다른 출판사를 소개해 주거나 조언을 해 주기도 했고, 1인 출판사도 처음 예상보다 더 빠른 속도로 계속 늘어났다. 신규 출판사와 상담을 할 때는 JRC도 건재하고, 지방·

소출판 유통센터, 그리고 트랜스뷰*도 있으니 잘 비교해서 자신과 맞는 곳으로 결정하라는 말을 반드시 한다. 특히 트랜스뷰는 구조적으로 아주 세련됐다고 생각한다. 매입가와 판매가의 차액으로 수익을 창출하는 게 아니라 출판사에서 수수료를 받아 성립되니 이것이야말로 총판 없는 유통, 즉 "보이지 않는 총판"이다. 신규 소규모 출판사 입장에서는 유통 방식의 선택지가 점점 넓어지는 시대라고 할 수 있다. 모두 각자 매력이 있다.

각각의 방식을 비교하는 건 제쳐 두고, 나의 경우는 조금 더 일차원적으로, 말보다는 행동으로, 책을 좋아하는 사람이 차를 운전해 자유롭게 도쿄 곳곳을 돌아다니며 책이 자기 자리를 찾아가게끔 돕는다는 마음으로 일한다. 사람이 몸을 움직여 일해 사소하게나마 가능성을 넓혀 가는, 혹은 앞으로 탄생할 책을 위해 가능성을 열어 두는 일이다. 특별하거나 모델이 될 만한 일을 하는 것은 아니다. 나는 총판의 최전선이 아닌 주변에 있으면서, 주변에서 중앙으로 또는 주변에 있는 것을 주변에 둔 채 날마다 책을 운반할 뿐이다.

총판이란 뭘까. 모든 총판을 대표해 말할 수는 없지만 총판은 출판사의 대리인인 동시에 서점의 대리인이라고

---

* 일본의 1인 출판사로 직거래 유통 방식을 지향한다. 다른 출판사의 유통도 대행해 직접 거래 대행업도 하고 있다.

도 생각한다. 책을 운반하는 건 서점의 주문이 있기에 가능하다. 서점에 신간을 안내할 때는 그것이 서점에 필요한 정보이기 때문이다. 새로운 출판사와 거래를 할 때도 그 출판사가 서점에 이익이 될지, 즉 서점 입장에서 판단해 보는 측면이 크다. 그때 나는 서점의 대리인이다. 한편, 책을 만드는 건 출판사이기에 나는 출판사의 대리인이기도 하다. 그때 총판으로서의 의견이나 개인적인 취향이 개입될 여지는 없다. 대리인이라고 해도 의뢰를 받고 움직이는 건 아니다. 능동태도 아니고 수동태도 아닌 중동태 정도랄까.

지금까지 일을 하면서 내가 주체가 되어 '책을 선물한다'는 느낌이 든 적은 별로 없다. 하지만 누군가가 누군가에게 주는 '선물'인 책을 옮기는 일을 책임지고 있다. 주체가 된 적이 없다고 했는데 주체가 어디서부터인지, 애초에 어디부터 시작해 어디까지인지는 아무도 모른다. 책은 출판된 순간 저자의 손을 떠난다. 독자가 거기에 무엇을 투영하든, 다른 어떤 책과 연결하든 그건 독자의 자유다. 책 한 권의 수명이 사람의 일생보다 긴 경우도 많다. 어떤 의미로는 총판뿐 아니라 책에 관련된 일에 종사하는 모두가 중동태 입장이 아닐까.

JRC에서 일하던 어느 날, 도쿄도 서점의 점장님이 재고 문의 전화를 걸어 와 "미안하지만 좀 가져다줄래요?"라고 부탁한 적이 있다. 점장님이 직접 딱 1권을 주문하다니 예삿일이 아니다 싶기도 하고 걸어서 5분 정도라 가져갔더니 어느 유명 작가를 응대하고 있는 점장님의 뒷모습이 보였다. 점장님도 프로로서 책이 없다는 말을 하고 싶지 않았을 테고 가능하면 그 자리에서 건네고 싶었을 것이다. 뒷문으로 살짝 나오며 재고가 있어 다행이라고 가슴을 쓸어내렸다. 나도 총판 일을 하는 사람으로서 프로를 만족시키고 싶은 욕심이 있고, 그때 점장님도 프로 작가를 만족시키고 싶은 욕심이 있었을 것이다. 그렇게 연결, 연결된 것이 있는 것 같다.

총판 일을 하다 보면 내 독서 이력이 얼마나 보잘것없는지 알 수 있다. 예를 들면 스즈키쇼텐에서 대학생협을 담당할 때 날마다 교원과 연구자가 주문한 방대한 수의 책을 조달하며 내가 모르는 책이 얼마나 많은지 절실히 깨달았다. 또 그동안 여러 서점이나 북 페어 등에서 서점인들의 책 고르는 센스에 혀를 내두른 적이 한두 번이 아니다. 서점 관계자와 출판사 영업 직원, 편집자, 저자 들과의 교류를 통해서도 많이 배우고 자극을 받았다. 앞에서도 말했지만 참 많은 사람의 도움을 받았다. 책의 세계에서 일어나는 그런 대가 없는 '선물'을 수도 없이 많이 받았다. 나도 '책을 선물하는' 과정에 일조할 수 있다면 책과 관련한 일에 종사하는 한 사람으로서 그보다 더한 기쁨은 없을 것 같다.

사무 일이 아예 없는 것은 아니지만 총판 일은 대부분 육체노동이며 자잘한 작업의 연속이고 책의 권수를 세나가는 일이다. 때로는 1,000부 단위의 신간 박스를 혼자 풀기도 한다. 배송용 박스에 책을 채우고 차로 배달을 하고 창고에 넣으며 착실히 움직이다 보면 산더미 같았던 책도 저녁이면 다 정리가 된다. 간혹 다음 날 출하를 위해 늦은 밤까지 짐을 꾸리기도 한다. 작업량이 많은 날이 있으면 적은 날도 있고, 며칠씩 신간이 없는 경우도 있지만, 재입고 도서나 고객 주문 도서는 꾸준히 있다. 기다리는 사람이 있는 한 최대한 빨리 배달해야 한다. 그런 하루하루를 보내다 보니 쓰바메 출판유통을 한 지도 벌써 6년째다. 3년 전부터는 아내도 일주일에 2~3일씩 나와서 도와주고 있다. 첫 만남 이후로 약 20년 만에 다시 같은 일터에서 함께 일하니 감회가 새롭다. 그러고 보면 그 당시 서점에서 책과 관련한 일을 처음 시작한 이후로 지금까지 거의 변함

없는 마음으로 일해 왔다는 생각이 든다. 약간의 우여곡절은 있었지만 이렇게 이 일을 오랫동안 계속하고 있다는 것은 역시, 같은 일이라도 앞에서 서점 손님을 맞거나 책을 써서 내놓는 것보다는 뒤편에서 일하는 것이 성격에 잘 맞기 때문인 것 같다.

가와히토 야스유키 川人寧幸
1971년생. 1994년 와세다대학 제2문학부 졸업. 파트타이머 시절을 거쳐 1990년대 후반에 리브로 이케부쿠로 본점에서 아르바이트로 2개월, 계약직으로 2년을 근무했다. 그 후 도서총판 스즈키쇼텐에서 아르바이트로 1년, 정직원으로 2년 근무했다. 스즈키쇼텐이 도산한 후, 책 배송사와 서점 아르바이트를 거쳐 2003년에 도서총판 주식회사 JRC 창립에 참여했다. 2012년에 부업으로 출판사 야코샤를 창립하고, 같은 해에 1인 총판으로 독립해 쓰바메 출판유통을 창립했다.

출판사 영업직이라는 것

영업 · 하시모토 료지

영업만 아니면 돼

'책과 관련된 일을 하고 싶어. 영업만 빼고.'

대학 시절, 아침부터 저녁까지 도서관에서 살다시피했습니다. 동아리 신입생 환영회는 몇 번을 가도 분위기에 적응할 수 없었고, 아르바이트를 해도 오래가지 못했습니다. 대학 생활이 그저 막막하기만 했습니다. 그러다 보니 도서관에만 계속 머물게 되었습니다. 각종 신문을 읽고 고전문학을 닥치는 대로 읽다 보니 어느새 책으로 둘러싸인 공간에 몸이 익숙해졌습니다. 책을 생업으로 삼을 수 있다면……. 막연히 그렇게 생각했습니다.

이른바 업계 분석조차 제대로 하지 않은 채 공채 시즌이 다가오자 얼떨결에 취업 준비를 시작했습니다. 라디오 방송국, 인쇄 회사, DTP 디자인 회사에 무작정 원서를 넣었습니다. 때는 바야흐로 취업 빙하기. '고위험 저수익'을 각오하고 나처럼 어정쩡한 학생을 합격시킬 인정 넘치는 인사 담당자는 없었습니다.

4월이 되자 출판사들의 채용 공고가 나왔습니다. 드디어 실전이었습니다. 의욕 넘치게 적성검사 대비 수험서도 샀지만, 입사 시험에 가기도 전에 자기소개서라는 벽이 가로막고 있었습니다. 분량으로 보나 내용으로 보나 하루

이틀로 될 일이 아니었습니다. 새벽까지 책상 앞에 앉아 있기 일쑤였습니다.

우여곡절 끝에 올라간 면접.

"고전문학을 좋아해서 특집을 만들어 보고 싶다고 했는데 저희 잡지에 어떤 식으로 녹여 낼 생각인가요?"

"······."

우울한 기분으로 면접장을 나섰습니다. 네, 그곳은 바로 ○에이샤*입니다. 결과는 들을 필요도 없었습니다.

불합격에 익숙해진 나는 공고를 내는 출판사마다 마구잡이로 원서를 내기 시작했습니다. 그리고 수도 없이 면접을 봤습니다. 하지만 합격을 알리는 전화는 오지 않았고 시간만 흘러갔습니다. 기죽지 말자. 사람마다 걷는 속도가 다른 법이야. 씁쓸하게 스스로를 위로했습니다.

아사히 출판사 편집자를 뽑는 필기시험을 친 건 비가 쏟아지는 어느 날이었습니다. 책상 위에 놓인 아사히 출판사 책 몇 권 중 하나를 골라 카피를 쓰는 테스트였습니다. 내가 선택한 책은 이케가야 유지 씨와 이토이 시게사토 씨의 공저 『해마』와 이노모토 노리코 씨의 『수도원 레시피』修道院のレシピ였습니다. 둘 다 재미있게 읽은 책이었습니다. 책의 메시지가 담겨 있으면서 처음 보는 사람에게도 인상

---

*　슈에이샤. 잡지로 유명한 일본의 대형 출판사이다.

깊게 다가갈 카피를 쓰려고 머리를 쥐어짰습니다.

필기시험 후에 면접장으로 이동했습니다. 면접관 열 명에 면접자 한 명. 면접장은 담배 연기로 뿌옜습니다. 압박 면접이라면 압박 면접인 분위기였는데 신기하게도 그때까지 본 면접 중 가장 자연스럽게 대화가 이어졌습니다. '한가운데 앉은 폴로셔츠를 입은 사람은 꼭 소설가 가이코 다케시 같았어.' 그런 생각을 하며 우산을 쓰고 집으로 돌아왔습니다. 다행히 2차 면접에 올라갔는데 지난번에 폴로셔츠를 입었던 면접관이 말끔한 정장을 입고 정중앙에 앉아 있었습니다. '아, 이 사람이 사장님이구나.' 그때 가이코 다케시를 닮은 사장님이 불쑥 말했습니다.

"자네를 채용하고 싶은데, 영업직이야. 어떤가?"

망설일 이유가 없었습니다.

"책과 관련된 일만 할 수 있다면 편집이든 영업이든 최선을 다하겠습니다."

길고 긴 여정이 끝났다는 생각에 기뻤습니다. 출판사에서 일하게 되었다는 기쁨, 책을 직업으로 삼게 되었다는 기쁨. 그러나 곧 진정하고 생각하니 나의 뇌리에 이런 생각이 스쳤습니다. '영업만큼은 피하고 싶었는데.'

그런데, 애초에 출판사 영업직이라는 건 대체 어떤 일

이지? 책을 영업한다는 게 뭘까? 사회생활의 출발선에 서기 직전, 영업직에 대한 거부감은 어느덧 호기심으로 바뀌어 있었습니다.

출판 영업을 시작하다

입사 첫해인 2004년 봄. 도쿄 근교인 쓰다누마에 있는 서점으로 첫 영업을 나가는 소부선線 열차 안에서 선배가 옆자리에 앉아 어학서 주문서를 보여 주며 서점 담당자에게 전달할 내용을 하나하나 알려 주었습니다. 저자의 연구 테마나 대상의 학습 레벨, 출간 초기와 스테디셀러가 된 이후의 판매량 추이, 책의 판형과 두께, 음성 교재의 유무 등. 경험에서 나온 노련한 노하우에 신참인 나는 압도될 뿐이었습니다.

마루젠 서점 쓰다누마점의 어학서 코너에 가서 일단은 재고 체크를 합니다. 바인더에 든 출간도서 목록을 보면서 책장에 재고가 있으면 체크 표시를 합니다. 평대 진열*과 정면 진열**이 되어 있는 책은 총 권수도 셉니다. 서점 담당자에게 허락을 구해 책장 아래쪽 수납 칸까지 열어 안에 보관한 재고도 확인합니다. 모든 작업은 선배의 지시로 이루어집니다. 선배보다 두 배쯤 더 시간을 들여 체크

---

* 주요 동선에 위치한 평평한 진열대에 책의 앞표지가 위로 향하도록 쌓아서 진열하는 방식.

** 고객의 눈높이에 있는 진열대에 책의 앞표지가 정면으로 보이도록 세워서 진열하는 방식.

해도 끝내고 선배에게 확인을 받으면 누락된 책이 하나둘 나옵니다. 책장에 있는 책을 몇 권 빠뜨린 것입니다.

의기소침해 있을 틈도 없이 이번에는 담당자와 선배의 미팅이 시작됩니다. 옆에서 보니 무작정 책 홍보만 하는 게 아니라 서점의 서가 구성이나 방문 고객층에 관한 이야기를 적절히 섞어 대화를 합니다. 중간중간 취미 이야기 같은 사담을 섞어 담소를 나누기도 합니다. 그때 알았습니다. 영업이란 서점 담당자의 파트너가 되는 일인 것을.

구간舊刊 소개는 아직 이르다고 생각했는지 선배는 내게 신간 소개를 맡겼습니다. 기둥 뒤에서 지켜보는 선배의 기척을 느끼며 영업의 첫발을 뗐습니다. 번선 도장이 찍힌 그때의 주문서는 아직도 책상 서랍에 소중히 간직하고 있습니다. 완전히 빛바래 버린 번선 도장 잉크와 주문 부수를 쓴 볼펜 잉크. 그러나 그날 선배가 가르쳐 준 것들, 신입 영업 사원을 따스하게 대해 주었던 서점 담당자의 표정은 지금도 선명합니다.

책의 무게

지바현 나리타시에는 아사히 출판사의 창고가 있습니다. 매일 아침 10시쯤이면 책을 가득 실은 정기 항공편이 도쿄 지요다구에 위치한 본사에 도착합니다. 에어컨도 없는 입하장에서의 작업. 더운 여름에는 책 위로 땀이 떨어지지 않도록 주의해야 합니다. 또 겨울에는 추위에 손이 곱아 자칫 책을 떨어뜨리는 일이 없도록 양손으로 꽉 잡습니다.

입사 첫해인 2004년부터 9년간 입하 업무를 담당했습니다. 이 작업은 중노동입니다. 하지만 팔에 감각이 사라질 정도로 몸이 피로하다는 건 그만큼 출하할 것이 있고 주문이 있었다는 뜻입니다. 반대로 평소 시간의 반밖에 지나지 않았는데 입하가 끝난다는 건 주문도 평소의 절반밖에 없었다는 뜻입니다. 그러면 마음이 조급해져 주문을 받으러 서점으로 달려갑니다. 출하량은 컴퓨터나 종이 보고서를 보면 쉽게 확인할 수 있지만 입하와 출하 작업을 매일 아침 반복할 때만 비로소 알 수 있는, 책의 중량감이란 것이 분명 있습니다.

서점에 책을 진열시키는 작업만이 영업 일의 전부는 아닙니다. 독자의 관심을 끄는 판촉물을 만드는 것도 중요한 업무입니다. POP와 홍보용 패널, 어학서에서 흔히 볼 수 있는 인덱스 스티커가 붙은 매장용 샘플 책, 도서 박람회용 팸플릿 등을 아사히 출판사에서는 모두 사내에서 제작합니다. 사내에서, 그것도 영업부 직원이 직접 만들지 않아도 외주를 주면 간단한 일입니다. 하지만 독자에게 우리의 열정을 전달하려면 조금 수고스럽더라도 직접 만드는 게 좋습니다. 커터 칼을 사용하여 기기 못지않은 퀄리티로 하나하나 만듭니다. 짧은 글이나 디자인으로 책의 내용을 표현하고, 그 판촉물을 설치할 서점의 서가를 떠올리며 크기를 조금씩 달리합니다. 평소에 판매자와 제작자 양쪽에 걸쳐 있는 영업직이 아니면 생각하기 어려운 포인트입니다.

책 한 권 한 권을 정성스레 전달하는 것이 영업직의 일입니다. 물건이나 정보를 효율적으로 옮기는 데만 관심을 두는 시대여서 더더욱 내 손으로 직접 만드는 감각을 항상 유지하려고 합니다.

제작자와 판매자 사이

영화감독이자 작가인 모리 다쓰야 씨의 『사형』死刑이 출간되었을 때의 일입니다.

우리는 정말로 사형을 아는가, 이해하고 있는가.

이 책은 저자가 이런 질문을 놓고 일본의 사형 제도를 주제로 3년간 사형수와 피해자 유족을 취재한 로드무비 같은 책입니다. 이 책을 많은 사람이 읽게 하려면 어떻게 해야 할까 고민했습니다. 사형이라는 무거운 주제는 외면당하기 쉽습니다. 서점에 영업 제안을 할 때 간단한 책 설명이 안내된 주문서 한 장으로 이 책의 매력을 전하기는 어려울 것 같았습니다. 하지만 실제로 내용을 읽어 보면 이 책의 가치를 이해하고 적극적으로 팔아 주리라 생각했습니다. 그래서 이 책의 교정지 일부를 가지고 다니면서 서점 담당자가 이 책의 주제에 공감한다 싶으면 바로 그 자리에서 읽어 보라며 전달했습니다.

담당 구역 내 서점 중에서 판매의 도화선이 되어 줄 곳으로 가장 먼저 떠오른 곳은 유린도 요코하마역 서쪽 출구점이었습니다. 일본에서 손꼽히게 이용자 수가 많은 역과 바로 연결된 곳이라 고객의 반응이 즉시 나타나는 매장입니다. 담당자가 엄선한 책들이 놓인 명당자리 매대에는 일일이 손으로 쓴 POP가 설치되어 있었습니다. 단순히 잘 팔리는 물건을 홍보한다기보다 '이 책을 제대로 팔아 보겠다' 하는 의지가 강하게 느껴지는 매장이었습니다.

무슨 일이 있어도 『사형』을 유린도 요코하마역 서쪽 출구점 명당자리에 진열하고 싶었습니다. 하지만 쉬운 일이 아니었습니다. 당연한 말이지만 매장 공간에는 한계가 있습니다. 책을 홍보하러 오는 출판사는 줄을 섰고, 서점 입장에서도 팔고 싶은 책이 수두룩합니다. 어떤 책을 선택한다는 건 다른 책을 선택하지 않는다는 뜻이기도 합니다. 게다가 이 매장은 항상 전쟁터 같았습니다. 늘 고객으로 북적거렸습니다. 총판에서 물건이 들어오면 신속하게 풀어야 합니다. 그 와중에도 쉴 새 없이 고객 문의가 이어집니다. 그런 상황에서 서점 담당자를 붙잡고 영업을 하기란 여간 힘든 일이 아니었습니다.

사실 당시 서점 담당자와는 제대로 대화를 나눠 본 적도 없었습니다. 신간 안내를 하거나 중쇄 정보를 전할 때도 형식적인 대화뿐이었고 나와는 눈도 잘 마주치지 않은 사이였습니다. 하지만 무슨 수를 써서라도 이 책을 많은 독자가 읽게 만들고 싶었습니다. 교정지를 몇 번이나 읽으며 책의 의의나 세상에 던지는 메시지에 깊이 공감했던 나는 물러설 수 없었습니다. 현장은 단판 승부입니다. 주어진 시간이 30초일 때, 2분일 때 등 여러 경우의 수를 염두에 두며 몇 번이나 프레젠테이션 시뮬레이션을 했습니다.

그리고 바로 그날. 물건 정리와 고객 문의가 그나마 적을 것 같은 시간대에 찾아가 서점 담당자에게 말을 겁니다. 그가 책을 정리하는 손길을 멈추지 않으리라는 것은 이미 계산된 상황입니다. 기죽지 않고 설명을 시작했습니다. 책이 출간된 배경과 저자가 어떤 마음으로 사형 제도를 파헤쳤는지……. 그러자 담당자가 문득 고개를 들고 말했습니다.

"저 모리 다쓰야 좋아해요. 교정지 주고 가면 읽어 볼게요."

급작스러운 반응에 당황하며 허둥지둥 준비해 간 교정지 요약본을 건넸습니다.

"요약본 말고 전문을 읽고 싶은데요."

잇따른 뜻밖의 반응에 놀라움과 기쁨을 금할 수 없었습니다. 다음 날 다시 찾아가 교정지를 건네자 "재미있으면 POP도 쓸게요"라고 제 눈을 보며 말했습니다. 결과적으로 책 출간 후 유린도 체인 전체에서 대대적으로 판매가 이루어졌습니다. 그 담당자가 직접 쓴 POP가 설치된 것을 보고 눈시울이 뜨거워졌습니다. 출간 이후, 그 서점 담당자와 구매 연령대나 반응이 좋았던 매대, 향후 서평 게재 예정 등 이런저런 연락을 주고받으면서 책의 내용에 관해서도 여러 번 의견을 나누었습니다. 나중에 모리 다쓰야 씨가 찍은 영화 『FAKE』가 개봉했을 때는 함께 감상을 주고받기도 했습니다.

　팔기 싫은 물건도 억지로 파는 것. 회사가 정한 할당량을 채우려고 안간힘을 쓰는 것. 처음에 가졌던 영업에 대한 이미지는 그런 것이었습니다. 막상 일을 해 보니 영업은 파는 게 전부가 아니라는 사실을 알게 되었습니다. 실제로 원고를 읽고 제작자인 저자와 편집자에게 책의 방향성을 듣는 것과 동시에 판매자인 서점 담당자에게도 듣습니다. 저자의 기출간본, 관련 테마의 판매 추이, 다른 책과의 공동 판매로 이어질 가능성 등의 정보를 서점에서 얻어 와서 편집자에게 전달하고 의견을 나눕니다. 제작자와 판매자 사이를 오가며 책을 독자에게 전달하기 위한 방법을 최대한 고안하고 실행하는 것이 영업입니다. 『사형』을 계기로 조금씩 그런 생각을 갖게 되었습니다.

이와타 씨

일을 대하는 태도, 나아가 나의 인생까지 뒤바꾼 만남이 있습니다. 에이지 출판사의 이와타 다이시 씨와의 만남입니다. 2012년 1월, 아사히 출판사에서 창간된 '아이디어 잉크 시리즈'의 두 번째 책으로 『소셜 디자인』ソーシャルデザイン이 출간되었습니다. 웹진 『greenz.jp』를 발행하는 NPO법인 그린즈가 사회적 과제를 해결하는 전 세계의 좋은 아이디어와 그 과정을 소개한 책입니다. 제목으로도 사용된 '소셜 디자인'이라는 말은 이후 여러 해에 걸쳐 장르를 포괄하는 키워드가 되었습니다.

이 책이 출간된 직후, 이와타 씨로부터 전화가 왔습니다. 에이지 출판에서 기존에 출간된 가케이 유스케의 『지역을 바꾸는 디자인』地域を変えるデザイン, 신시아 스미스가 지은 『세상을 바꾸는 디자인』世界を変えるデザイン과 공동 프로모션을 진행하지 않겠냐는 제안이었습니다.

소셜 디자인 관련 서적을 서가에 진열하려고 하면 딱 들어맞는 곳이 없었습니다. '사회'냐 '디자인'이냐. 책에 따라서는 건축이나 논픽션으로 분류되기도 합니다. 이대로라면 출판사나 서점도 난감하지만 무엇보다 독자에게 득이 될 것이 없다고 판단했습니다. "차라리 서점과 함께 '소셜 디자인'이라는 새로운 카테고리를 만들어 보자." 이와타 씨가 마케팅 회의에서 한 말입니다.

먼저 도서 목록을 만들었습니다. 콘셉트에 맞는 책을 추려 각각의 책에서 '커뮤니티' '교육' '복지' '지역 살리기' 등의 토픽을 뽑고 그 토픽별로 책을 분류해 목록을 짰습니다. 그렇게 만든 도서 목록과 제안서를 가지고 곧바로 전국 각지의 서점에 안내를 시작했습니다. 서점에 새로운 카테고리를 제안한다는 발상은 해 본 적도 없었습니다. 프로젝트를 시작할 무렵에는 경황이 없어 그저 이와타 씨를 따라가기 바빴습니다.

기획전 개최가 결정되면 이번에는 POP나 패널 같은 판촉물을 가지고 서점으로 찾아갑니다. 이와타 씨는 단순히 판촉물을 설치하는 데 그치지 않고, 직접 책을 고르고 매대를 꾸몄습니다. 물 흐르듯 작업을 이어가는 이와타 씨를 눈동냥하며 손을 움직였지만 도저히 따라갈 수 없었습니다.

매대가 완성되면 즉시 사진을 찍어 그 자리에서 트위터에 올립니다. 그리고 바로 그날 안에 블로그에도 포스팅을 합니다. 그것이 이와타 씨와의 암묵적인 약속이었습니다. 또 기획전 기간 동안은 가능한 한 직접 매장에 가서 서점 담당자의 의견을 들으며, 고객이 책을 집어 드는 모습을 확인하기도 했습니다.

기획전에 동참하는 점포가 꾸준히 늘어나면서 소셜 디자인 매대를 상설화하는 서점도 생겨났습니다. 또 공동 프로모션을 진행하는 회사가 두 곳(아사히 출판사, 에이지 출판)에서 여섯 곳(가쿠게이, 슌주샤, 쇼분샤, 하토리쇼텐) 그리고 일곱 곳(필름아트사)으로 점차 늘었습니다.

이 공동 기획전을 진행하며 저는 참여 점포수와 주문량, 실판매량 등에서 몇 가지 목표를 정했었습니다. 하지만 진정한 목표는 매출보다 더 큰 어떤 것이었습니다.

책으로 더 좋은 사회를 만들 수 있다. 서점 매대를 통해 마음을 전할 수 있다. 그러려면 포기하지 않고 끈질기게 각지의 서점을 찾아 최선을 다해 제안하자.

이와타 씨와 나의 다짐이었습니다. 세상을 좋게 만드는 소셜 디자인이라는 개념을 널리 알리려고 여러 출판사가 저절로 모였고 사람과 사람이 연결되었습니다. 처음에는 거래처라는 관계였지만 나중에는 회사라는 테두리를 넘어 연대를 이루고, 제 이익만 추구하는 것이 아니라 공동의 과제와 목표를 향해 함께 울고 웃으며 나아갔습니다. 서점에 소셜 디자인 매대를 만드는 활동 자체가 소셜 디자인이었습니다.

"우리 일곱 개 회사의 일곱 명이 뭉치지 않았다면 불가능한 일이었어요. 함께여서 가능한 일이었죠." 전국 각지에서의 공동 기획전이 일단락되었을 무렵 이와타 씨가 말했습니다. 이와타 씨는 2016년 10월 12일, 41세의 젊은 나이로 타계했습니다. 너무나 갑작스러웠습니다. 앞으로도 계속 함께할 거라고 생각했는데. 2년 가까이 지난 지금도 여전히 마음이 착잡합니다. 한번은 이와타 씨가 트위터에 독백처럼 이런 글을 올린 적이 있습니다.

> 퇴근. 오늘 서점에서 나눈 대화를 떠올리다 보니 H 씨를 알게 된 지 2년밖에 안 됐네. 이 사람을 만나지 않았다면 아마 진작 일을 그만두지 않았을까. 덕분에 일의 재미도 알게 됐고. 그래, 힘내서 열심히 해 보자.
> (@ganchankadoya 2014년 2월 10일)

이와타 씨는 학창 시절 유린도에서 아르바이트를 하다 대학 졸업 후 북퍼스트 서점에 입사해 주로 비즈니스 서적을 담당했습니다. 그때부터 실적이 월등히 좋았고 매대를 꾸밀 때는 타협을 모르는 불도저 스타일이라는 소문이 무성했습니다. 반면 나는 서두에서 말했듯 책 가까이에서 살고 싶다는 마음으로 업계에 발을 들인 평범한 사람에 지나지 않았습니다. 분명 믿음직스럽고 든든한 파트너는 아니었을 겁니다. 함께한 시간에 비해 이와타 씨와 그리 많은 대화를 나누지는 못했습니다. 이 트윗의 참뜻을 물을 새도 없이 이와타 씨는 가 버렸습니다.

"하시모토 료지는 한다면 하는 남자예요."

영업을 하러 함께 서점에 가면 이와타 씨는 서점 담당자에게 농담처럼 말하곤 했습니다. 이건 곧 "H 씨, 할 수 있죠?"라는 기대이자 응원이었다고 생각합니다.

이와타 씨를 떠올리며 문득 하늘을 올려다보곤 합니다. 이와타 씨가 가르쳐 준 것, 이어 준 사람들, 우리 사이의 많은 책들……. 그가 내게 전해 준 것들을 가슴에 품고서 나도 조금은 세상에 전하며 살고 싶습니다.

마지막 배달

아끼는 책이 많습니다. 우리 회사 책은 모두 진심으로 아낍니다. 하지만 그중에서도 특히 아끼는 책이 한 권 있습니다. 사회학자 기시 마사히코 씨의『단편적인 것의 사회학』입니다. 2013년 말부터 약 1년간 아사히 출판사 블로그에 이 책의 토대가 된 기사가 연재되었습니다. 새로운 기사가 업데이트될 때마다 물 위로 떨어진 조약돌이 파문을 일으키고 그 파문이 또 다른 물결을 일으키며 큰 파도를 부르는 듯했습니다. 한 사회학자가 인터뷰 진행 과정에서 우연처럼 만난 인생의 파편, 일상의 조각을 통해 사회를 생각하고 인생을 바라보는 책.『단편적인 것의 사회학』은 그런 책이라고 생각했습니다.

이 책은 블로그를 본 서점 담당자들이 출간을 재촉할 정도로 출간 훨씬 전부터 기대를 한몸에 받았습니다. 출간 한 달 전부터 원고 몇 편을 담은 소책자를 만들어 희망하는 점포에 배부했는데 전국 각지에서 많은 코멘트를 받았습니다.

"흩어지는 인생의 조각을 한데 모은 보석 같은 책."

신주쿠구 나카이에 있는 이노오 서점 이노오 히로유키 씨의 평입니다. 이노오 씨는 샘플 교정지를 보내면 좋을 서점 담당자를 많이 소개해 주었습니다. 2015년 5월 말에 책이 출간되었습니다. 이때는 한 전설적인 서점이 역사 속으로 사라지려 하는 즈음이었습니다. 리브로 이케부쿠로 본점은 6월 1일에 공식 발표를 했고 7월 20일에 폐점을 앞두고 있었습니다. 그곳은 인문, 예술, 문화를 이끄는 중심지로서 절대적인 신뢰를 얻던 곳이었습니다.

마지막으로 『단편적인 것의 사회학』을 꼭 납품하고 싶었습니다. 인문서 담당자, 총괄 매니저와 면밀한 논의 끝에 가능한 모든 수단을 동원했습니다. 마차에 책을 실어 판매하는 방식, 기획전, 출간 기념 북 토크 등. 책이 출간된 후 그런 시도들이 성공리에 진행된 가운데 마침내 예고했던 폐점일이 되었습니다.

매장에서 폐점을 지켜보고 싶은 마음 반, 피하고 싶은 마음 반이었습니다. 사정이야 있겠지만 서점 직원과 고객이 쌓아 온 수많은 역사를 품고 있는 매장이 문을 닫는다는 사실을 받아들이기 힘들었습니다. 그래도 나갈 준비는 해야지 싶어 문득 스마트폰을 보니 서점의 인문 담당자로부터 문자 메시지가 와 있었습니다.

"어제 책이 많이 나가는 바람에 기시 선생님 책이 거의 바닥났어요. 지금 납품받기는 힘들겠죠……?"

폐점일에 책을 배달할 수 있다니 망설일 필요가 없었습니다. 납품하러 가겠다고 전화로 말한 뒤, 회사에 들러 책을 가지고 이케부쿠로로 향했습니다. 백야드*로 들어가

---

*   점포에서 매장으로 제공하지 않는 공간. 주로 상품을 두거나 포장하는 공간으로 쓰인다.

"아사히 출판사입니다. 직납**하러 왔습니다"라고 인사했습니다. 구매 담당자가 미소를 지어 보이며 "감사합니다"라고 맞아 주었습니다.

2016년 3월 25일, 기노쿠니야 인문 대상 시상식이 개최되었습니다. 『단편적인 것의 사회학』으로 대상을 수상한 기시 씨는 수상 연설에서 이렇게 말했습니다.

지금까지 제게 책은 읽는 것이었는데, 우연한 기회에 책을 쓰는 사람이 되었습니다. 그런데 그건 절반에 불과하더군요. 책을 만드는 사람이 있었습니다. 그리고 만든 책을 파는 사람이 있었습니다. 읽는 사람, 쓰는 사람, 만드는 사람, 파는 사람이 있어 비로소 성립되는 것이 책이라는 걸 처음 알게 되었습니다.

전하고자 하는 말이 책의 형태를 갖추고 독자에게 도달할 때까지 그 사이를 종횡무진 누빕니다. 발에 땀이 나게 뛰고, 고개를 숙이고, 때로는 궂은일을 해야 할 때도 있습니다. 처음에 그토록 하기 싫었던 이른바 영업 일을 마다하지 않게 된 건 저자와 편집자가 책에 쏟은 열정을 누구보다 잘 알기 때문입니다. 서점에서 책과 독자의 만남이

** 출판사가 총판을 통하지 않고 서점에 직접 납품하는 것. 주로 긴급한 상황에 이루어진다.

얼마나 많이 이루어지는지 잘 알기 때문입니다. 지금은 분명히 말할 수 있습니다.

"평생 책과 관련된 일을 하고 싶다. 쓰는 사람, 만드는 사람, 파는 사람과 독자를 연결하는 영업을 통해 책을, 메시지를 전하고 싶다."

하시모토 료지橋本亮二
1981년 나고야시 출생. 대학 졸업 후 아사히 출판사에 입사해 일반단행본 영업부 소속으로 일했다. 유통부터 판매에 이르는 일련의 업무를 맡고 있다. 트위터 운영이나 이메일 매거진 발행도 담당한다. 전국 각지의 책이 있는 공간을 향해 오늘도 달린다.

독자로부터의 선물

서점인 · 구레 료타

고객이 가르쳐 주는 것

이 책의 기획서에는 다음과 같은 말이 있습니다.

책과 관련된 일을 하는 사람들이 조금 더 행복해지려면 책을 쓰는 것부터 편집, 장정, 디자인, 교정, 인쇄, 제본, 서점 영업, 서점에서의 책 선정, 진열, 판매에 이르는 일련의 과정을 하나의 '책을 선물하는' 과정으로 재인식하는 것이 중요하다.

내게 이 장의 집필을 맡긴 이유도 저자에서 독자에게로 흐르는 책이라는 강의 한 부분에 있는 사람으로서 책 선정이나 진열, 판매에 관한 이야기를 해 달라는 뜻일 겁니다. 하지만 나는 조금 다른 이야기를 하려고 합니다. 서점에서 일하는 내게 가장 중요한 것은 강이 흐르기 시작하는 '상류'에 있는 사람들의 생각보다 '하류'에 있는 고객의 생각을 퍼 올리는 것 그리고 그 생각에 화답하는 책으로 서점을 채우는 일입니다. '내 취향의 책이 가득한 곳' '나만의 서재 같은 곳' 고객이 그렇게 느끼고 다시 찾는 서가를 조화롭게 조합하는 것이 내 일입니다.

약 3년 전부터 프리랜서로 서점 일을 하고 있습니다. 그전에는 18년 동안 체인서점 아유미북스에서 근무했습니다. 아르바이트로 입사해 정직원이 되고 여러 장르를 담당한 뒤 고이시카와 지점에서 4년간 점장으로 있다가 퇴사했습니다.

나의 프리랜서 서점 업무는 크게 두 가지로 나뉩니다. 첫 번째는 서점&카페 '책 냄새가 나지 않는 서점 가구라자카 모노가타리'의 서점 파트 담당입니다. 발주부터 책 진열, 팔리지 않은 책을 반품하는 작업까지, 일반 서점과 크게 다르지 않은 일상 업무를 합니다. 두 번째는 서점 실무 컨설팅입니다. 서점에서 스태프와 호흡을 맞추며 이야기를 나누는 과정에서 업무 진행 방식이나 점포 레이아웃의 문제점을 밝히고 그것을 경영진과 공유합니다. 그리하여 회사가 전반적으로 개선되도록 돕습니다. 현재는 구마모토의 노포老鋪 나가사키 서점에 매달 방문해 컨설팅을 진행하고, 그 밖에도 몇몇 서점과 총판에서 실무 연수를 담당하고 있습니다. 두 가지 업무 모두 고객의 요구에 맞게 서가를 구성하고 동료들과 공유한다는 점에서는 크게 다르지 않습니다. 그런 점에서 이전과 일하는 방식은 많이 바뀌었지만 여전히 나는 그저 한 사람의 서점인일 뿐입니다.

고객이 서점에 오면 서가를 둘러보다 눈에 띄는 책이나 잡지를 펼쳐 봅니다. 몇 권을 사서 돌아가기도 하고, 안

사고 그냥 가기도 합니다. 나는 그 흔적을 보고 이 책은 왜 샀을까, 혹은 왜 사지 않았을까, 하는 질문을 던집니다. 여러 권을 구입했다면 그 조합을 통해 고객의 호기심이나 원하는 바, 또는 생활의 모습을 생생하게 구체적으로 상상합니다. 말하자면 고객이 남기고 간 흔적을 실마리 삼아 그 사람의 마음속을 들여다보는 것입니다.

그 흔적을 서점 직원만 볼 수 있는 건 아닙니다. 누구나 이것의 존재를 알고 있습니다. 하지만 명칭이나 사용법을 아는 사람은 그리 많지 않을 것입니다. 이것의 이름은 '슬립'입니다. 평소에는 책에 끼워져 있지만 바닥에 떨어져 발에 밟히기도 하고, 책에서 빼내 고무줄로 칭칭 감기기도 합니다. 최근에는 책이 팔려도 뽑지 않고 그대로 끼워 뒀다가 나중에 책갈피 대용으로 사용하는 경우도 있습니다. 하지만 실은 고객이 책을 사는 시점에 바로 빼서 따로 보관해야 합니다.

나는 이 슬립을 활용해 매장을 꾸밉니다. 슬립은 잡지와 일부 서적을 제외하면 서점에서 취급하는 대부분의 상품에 들어 있습니다. 책이 아닌 잡화나 문구에도 직접 만든 슬립을 다는 서점도 있습니다. 계산할 때 빼낸 슬립은 '판매 슬립'이라고 하여 잘 모아 둡니다. 전에 근무했던 아유미북스 고이시카와점에서는 하루에 모이는 슬립이 300장 내외였는데, 상대적으로 장수가 많은 만화와 문고는 각각 다른 묶음으로 모으고, 나머지 장르는 모두 하나로 묶었습니다.

다음 날 판매 슬립을 한 장 한 장 넘겨봅니다. 슬립은 손님이 사 간 책의 분신입니다. 두둑한 슬립을 보면 그렇게 기쁠 수 없습니다. 그 두께만큼 고객이 진짜로 있었다는 뜻이니까요. 넘기기만 해도 기분이 좋습니다. 그 후에는 슬립을 좀 더 자세히 분석합니다. 물론 컴퓨터로도 동일한 판매 목록을 한눈에 볼 수 있지만 슬립에는 또 다른 역할이 있습니다. 책의 분신으로서 한 장 한 장 존재감을 가지고 그 책을 산 손님을 떠올리게 하는 강력한 단서가 되는 것입니다. 또 따로 떼서 이리저리 조합하다 보면 이러이러한 책의 조합으로 판매할 수도 있겠다는 새로운 아이디어도 떠오릅니다. 컴퓨터 화면에는 없는 슬립의 장점입니다.

새로 들어온 책을 진열하거나 위치를 옮길 때, 책에 끼워진 슬립에 몇 가지 메모를 합니다. 예를 들어 책장에 꽂은 날짜나 판권면에 적힌 판수 등입니다. 꾸준히 나가는 스테디셀러라면 판권면에서 예를 들어 '5쇄'라고 적힌 부분을 확인해 슬립에 적습니다. 그 후 그 책이 한 달도 안 되어 팔렸다고 합시다. 그러면 판매 슬립에 있는 그 슬립을 보고 제가 무슨 생각을 할까요. 먼저 손님이 확신을 갖고 이 책을 선택했다는 사실입니다. 평대 진열된 저명인사의 추천사가 붙은 책이라면 이야기가 다르겠지만, 이 고객은 책장에 꽂혀 책등만 보이는 수많은 책을 하나하나 살펴보고 비슷비슷한 책 중에서도 다섯 번이나 중쇄를 찍은 이 책을 골랐습니다. 그만큼 책을 보는 눈이 있는 고객이 이 서점을 찾고 있으며 이 책장을 들여다보고 있다는 의미입니다. 이런 고객 같은 분이 또 없으리란 법은 없습니다. 그렇다면 이 책장 구석구석까지 좀 더 신경을 써서 신간이 아니더라도, 세월이 지나도 꾸준히 팔리는 스테디셀러를 더 발굴해 이 책장에 꽂아야겠다는 생각을 할 것입니다. 또 하나, 책등만 보이며 책장에 꽂혀 있는데도 팔렸다는 것은 책의 상품력이 확실하다는 뜻입니다. 그렇다면 그 자리에 그 책을 그대로 다시 채워 넣기만 할 것이 아니라 3권 정도 더 주문해 평대에 진열하는 방법도 생각할 수 있습니다. 오히려 처음에 판권면에서 판수를 보고도 평대에 진열해야겠다는 판단을 하지 못했던 내게 손님이 일부러 가르쳐 준 건 아닐까 싶기도 합니다.

벌써 눈치챘을지 모르겠지만 나는 내가 읽은 책 중에서 좋았던 책을 추천한다거나 아무도 모르는 숨겨진 책을 알리고 싶다는 마음으로 서점에서 일하고 있는 게 아닙니다. 내가 진열하는 책은 모두 손님이 가르쳐 준 책입니다. 슬립을 통해 이루어지는 소리 없는 커뮤니케이션의 결과물입니다.

소소한 이야기

판매 슬립 묶음에서 고무줄로 감은 복수 구매 건을 발견하면 참 기쁩니다. 더군다나 그 책들이 매장 곳곳의 평대와 책장에서 가져온 것이라면 어깨춤이라도 추고 싶어집니다. 자신의 욕구나 지적 호기심을 불러일으키는 무언가를 발견한 고객이 들뜬 마음을 주체하지 못하고 먹이를 사냥하는 하이에나처럼 평대와 책장 사이를 분주히 옮겨 다니며 책을 몇 권이나 집어 들고는 이렇게 많이 사도 되나, 조금 망설이다가 에라 모르겠다, 하고 계산대로 가서 지갑을 여는…… 그런 열렬한 광경을 상상하면 감동이 밀려옵니다. 서점에서 일하는 사람이라면 누구나 그런 손님을 잘 알고 있을 겁니다. 독자 여러분 중에는 책을 충동구매한 뒤 달콤하지만 조금은 씁쓸한 후회를 느껴 본 사람이 있을 겁니다. 복수 구매 슬립은 서점에 방문하는 고객의 인물상을 떠올리는 단서이면서 무엇보다 서가를 구성하는 일에 힌트가 되어 줍니다.

지금도 전에 근무하던 서점에서 모은 복수 구매 슬립을 집에 많이 보관하고 있습니다. 시간이 지나고 봐도 고객의 모습이 생생히 떠오릅니다. 아유미북스 고이시카와 점에서 복수 구매를 했던 이 고객이 지금 가구라자카 모노가타리를 찾는다면 무슨 책을 살까. 가구라자카 모노가타리에서 이 책들을 산 고객과 비슷한 사람이 지금 나가사키 서점에 온다면 무슨 책을 살까. 그런 식으로 생각이 이어집니다.

이런 나의 '복수 구매 슬립 아카이브'에서 예를 하나 들어 보겠습니다. 표제어는 각각의 복수 구매 슬립에 써 둔 캡션 같은 것입니다. 복수 구매 책들을 보고 상상한 인물상이기도 하고, 앞으로 서가 구성에 활용해야 할 힌트이기도 합니다.

● 영양소를 챙기는 엄마에게
① 『당신의 조리법, 90퍼센트의 영양소를 파괴하고 있다!』その調理、9割の栄養捨ててます!

② 『아리모토 요코의 '버미큘라'가 있는 식탁』有元葉子の'バーミキュラ'を囲む食卓

③ 『매일의 '버미큘라' 레시피 — 기막힌 사용법, 기막힌 맛!』毎日の'バーミキュラ'レシピ こんなに使えて、こんなにおいしい!

④ 『할머니의 사찰 밥상』おばあちゃんの精進ごはん

이 복수 구매 사례는 나가사키서점에서 발견하고 기록한 것입니다. 그때까지는 버미큘라를 가진 사람이나 갖고 싶어 하는 사람에 관해 별로 생각해 본 적이 없었습니다. 버미큘라는 무수분 요리를 할 수 있는 고급 주물 법랑 냄비 브랜드의 이름입니다. 나는 '요리 솜씨가 좋고 손님을 초대해 대접하는 걸 좋아하는, 경제적으로 여유 있는 사모님의 냄비' 정도로 인식하고 있었습니다. 그래서 버미큘라 레시피북을 요리책 분야의 파티요리 코너에 꽂아 두었습니다.

그런데 그것이 아니었습니다. 이 고객은 저자인 지케이카이 의대 영양사가 잘못된 조리법으로 "90퍼센트의 영양소가 파괴되고 있다"고 하자 영양소를 파괴하고 싶지 않다고 생각했고, 영양소를 파괴하지 않는 조리법으로 요리한 음식을 가족과 먹고 싶다고 생각했습니다. 나는 이 고객의 가족을 생각하는 마음과 추구하는 생활상이 멋지다고 느꼈습니다. 이 고객의 복수 구매 책들과 거기에 담긴 마음을 표현할 수 있다면 요리책 평대에서 하나의 스토리로 풀어낼 수 있겠다고 생각했습니다.

그래서 이 조합대로 가구라자카 모노가타리 평대에 ①, ②, ④번의 책을 나란히 진열했습니다. ①은 아주 실용적인 책이라 가구라자카 모노가타리의 세련된 공간 연출 분위기에서는 오히려 너무 튈 수 있습니다. ④는 두 사람의 저자가 '젊게 사는 멋쟁이 할머니' 분위기로 담소를 나누고 있는 사진이 표지에 실려 있습니다. 그런 분위기와 ②의 '아리모토 요코' '버미큘라'라는 키워드에서 많은 사람이 떠올릴 '우아한 삶'이라는 이미지가 ①의 양 옆에 자리하고 있으면 실용서 느낌이 너무 강조되지 않으면서 자연스럽게 조화를 이루지 않을까 싶었습니다. 나가사키 서점에서 고객이 처음 느꼈을 연결성이 가구라자카 매장에서도 전해질지 모른다고 생각했습니다.

이렇게 의미가 이어지는 책을 모아서 진열하는 데는 세 가지 정도 큰 이유가 있습니다.

한 가지는 고객이 한 건이라도 더 '무심코' 복수 구매를 하도록 유도하기 위해서입니다. 가구라자카 모노가타리의 고객층이나 주력 분야를 생각하면 ②는 단독으로 진열해도 팔리겠지만, ①의 경우 단독으로는 어렵다고 판단했습니다. 심지어 ④는 웬만하면 서점에서 매입하지도 않을 잡지 성격의 책입니다. 단독으로도 팔리는 ②에 ①과 ④를 연결시키면 3권을 구입할 수도 있고, 2권을 구입할 수도 있습니다. 어쩌면 1권만 구입할지도 모르지만, 그래도 성과는 충분합니다. 실제로 가구라자카에서는 ①과 ②의 복수 구매가 2건, ①의 단품 구매가 1건, ②의 단품 구매가 2건 있었습니다.

일반 서점에서는 ①의 판매량이 좋았던 모양입니다. 출간 후 여러 번 TV에 소개되며 화제를 모은 책이라 단독으로 쌓아 두기만 해도 팔리는 유형의 책입니다. 그러니 ①을 사러 방문한 고객이 '무심코' 다른 책까지 사게 만들 기회입니다. 예로 든 것 말고도 서점 직원 여러분에게는 다른 조합의 아이디어가 있을 테고, '나는 그 책과 이 책을 함께 샀다'는 독자도 있을 것입니다.

의미가 이어지는 책끼리 평대에 진열하는 두 번째 이유는 고객이 서점이라는 공간을 즐겼으면 하는 바람에서입니다. 단순히 원하는 책이나 잡지를 빨리 사서 갈 수 있는 편리한 가게를 넘어, 이 책 저 책 구경하며 서점 안을 돌아다니다 보면 저절로 의미의 확장을 체험하게 되는 장소라는 인식을 심어 주고 싶습니다.

위에서 말한 『당신의 조리법, 90퍼센트의 영양소를 파괴하고 있다!』를 예로 들어 보겠습니다. 처음에 나가사키 서점에서 ①, ②, ③, ④를 동시에 산 고객은 아마 TV에서 화제가 된 ①을 먼저 눈여겨보다 사야겠다고 생각했을 겁니다. 혹은 처음부터 그 책을 살 목적으로 서점에 왔을지도 모릅니다. 아니면 반대일 수도 있습니다. 버미큘라를 사기는 했는데 활용을 제대로 못하고 있던 차에 힌트를 얻으려고 먼저 ②와 ③을 사야겠다고 생각했는지도 모릅니다. 뭐, 어느 쪽이든 상관없습니다.

내가 감동한 부분은 결과로서의 매출이 아닙니다. 이 고객이 매장을 걷다가 '아, 이 책도 괜찮네. 같이 읽으면 좋겠다'라고 매장 곳곳에 흩어져 있던 ①과 ②, ④를 하나로 묶어 생각했다는 사실입니다. 그리고 그 책들이 이어진 순간에 '건강을 챙기고 싶은 사람과 함께 밥을 먹고 싶다'는 생각을 떠올렸다는 사실입니다.

이 독자 고객의 체험을 다른 손님도 경험했으면 하는 마음에서 이 조합을 다시 한번 활용하기로 했습니다. 하지만 강요하고 싶지는 않으니 홍보 문구를 따로 쓰거나 하지 않고 자연스럽게 발견하도록 그저 평대에 나란히 진열해 암시하는 정도로만 해 둡니다.

의미로 이어지는 책들을 함께 평대에 진열하는 세 번째 이유는 상품 교체가 가능한 환경을 만들기 위해서입니다. 이웃하는 책끼리 의미를 연결시키되 그것을 암시하는 정도에 그치는 것은, 대략 의미의 틀은 그대로 두면서 구성 상품은 교체할 수 있도록 하기 위해서입니다.

예를 들어 설명하겠습니다. ①, ②, ④를 3주 정도 나란히 평대에 진열했는데 ②가 1권도 팔리지 않았다고 합시다. 어쩌면 버미큘라 냄비가 너무 고상한 이미지인지도 모릅니다. 그럼 ②를 같은 아리모토 요코의 『무수분 냄비로 요리하다』無水鍋で料理する로 바꾸어 봅니다. 혹은 같은 고급 주물냄비라도 분위기가 다른 『스타우브 무수조리』로 바꿀 수도 있습니다. 어쩌면 '채소가 듬뿍 들어간 영양 가득한 따뜻한 식사를 가족과 함께하고 싶다'는 의미를 조금 더 방향을 틀어 '가족의 건강을 챙긴다'는 큰 틀의 방향으로 『식사가 잘못됐습니다』로 교체하는 것도 좋은 방법일지 모릅니다. 이 책은 스테디셀러로 비즈니스 서적 코너의 평대에 진열한 서점도 많을 것입니다. 출간 후 몇 개월이 지나 판매가 잦아든 이 시기에 지금까지와는 다른 조합

으로 진열해서 새로운 고객의 관심을 끌 수도 있을 것입니다. 이렇게 의미를 연결 지어 평대에 나란히 진열하는 예는 서점 내 어떤 코너에나 있습니다. 그 대부분은 앞의 예처럼 고객의 구매 이력에서 힌트를 얻은 것입니다.

내 '복수 구매 슬립 아카이브'를 몇 가지 더 소개하겠습니다. 모두 실제 고객의 복수 구매 사례입니다. 서적 라인업과 판매 점포, 그리고 내가 붙인 캡션만 나열할 테니 여러분도 자유롭게 해석해 보시기 바랍니다.

● **여성 취준생에게 바치다: 아유미북스 고이시카와점**

『꿈, 죽어라! 젊은이를 죽이는 자아실현이라는 거짓말』夢、死ね! 若者を殺す「自己実現」という嘘

『여자의 인간관계』

『소셜 미디어의 무엇이 소름 끼치나』ソーシャルメディアの何が気持ち悪いのか

● **도심 속에 성역이 생기는 순간: 가구라자카 모노가타리**

『시간이 멈춰선 파리의 고서점』

『낯선 사람들이 만날 때』

- **아버지가 자녀에게 주고 싶은 책: 가구라자카 모노가타리**

  『모험도감』

  『연표 쇼와·헤이세이사 1926~2011』年表昭和·平成史1926-2011

  『아버지가 들려주는 일본사』父が子に語る日本史

- **삶의 철학을 부드럽게 넓히기 위해: 아유미북스 고이시카와점**

  『사물을 보는 눈』ものの考え方

  『일의 기본 생활의 기본 100』

  『콰이어트』

아카이브에는 이 밖에도 많은 복수 구매 사례가 있지만 이 정도만 소개하겠습니다. 내가 말하고 싶은 건 그 많은 고객이 저마다의 시선으로 몇 권의 책을 고르며, 책 한 권 한 권이 주는 메시지와는 또 다른 소소한 이야기를 만들어 낸다는 사실입니다. 실제로는 별생각 없이 그 책들을 한꺼번에 구입한 것일 수도 있습니다. 하지만 의도했든 의도하지 않았든 나는 그런 이야기에 항상 마음이 끌립니다. 그래서 그 이야기들을 서점 매대에 재현해 다른 고객에게 전하고 싶습니다.

매장 내 평대 곳곳에 그런 책들이 놓여 있습니다. 저

의 일은 다양한 고객의 생각을 수집해 서가에 반영하고, 어떤 책이 팔리지 않는다면 팔릴 만한 또 다른 책으로 대체해서 그 생각을 서점 안에 계속해서 남겨 두는 것이라고 생각합니다. 얼마나 고객의 마음을 잘 헤아리느냐, 또 수많은 기존의 책 중에서 다음으로 판매할 책을 잘 찾아내느냐, 이 두 가지를 충족하려면 서점을 보는 넓은 시야가 필요합니다.

우익 정원사 할아버지와 대학원생 언니

슬립에서 힌트를 얻을 때, 저 개인의 취향과 신념에 치우쳐 있는 건 아닌지, '세련된 분위기'나 '여유롭게 환경을 생각하는 라이프스타일' 같은 누구나 받아들이기 쉬운 유행을 지나치게 쫓고 있지는 않은지, 그런 분위기에 동조하지 않는 고객을 등한시하고 있지는 않은지 항상 불안합니다.

아유미북스 고이시카와점에서 근무하던 무렵, 월간지 『WiLL』을 매호 사러 오는 할아버지가 있었습니다. 이 잡지는 보수 시사지로, 할아버지는 이 잡지에 기고하는 햐쿠다 나오키나 사쿠라이 요시코, 세키 헤이 같은 작가의 신작을 빠짐없이 사 갔습니다. 올 때마다 나를 붙잡고 "북

한의 무뢰한이……" "중국에 다 뺏긴다……" 같은 이야기를 늘어놓았습니다. 개인적으로는 할아버지가 사는 책이나 이야기에 별 관심이 없었지만 나는 이 할아버지가 꽤 좋았습니다. 소박한 의협심으로 똘똘 뭉친 좋은 사람 같았습니다.

가끔은 정치 얘기가 아닌 개인 신상에 관한 이야기도 했습니다. 할아버지는 시즈오카 지역의 1급 조경 기능사였는데, 고령으로 은퇴한 후 부인을 먼저 떠나보내고 아들 부부가 사는 분쿄구의 아파트에서 지낸다고 했습니다. "1급 조경 기능사는 일본에 몇 명 없어." "큰 저택 정원에 있는 연못의 수위를 어떻게 조절하는지 아나?" 같은 영문 모를 얘기도 많이 했습니다.

조금 성가신 그 할아버지의 덕을 본 적도 있습니다. 『조경가 오가와 지헤이와 그 시대』庭師小川治兵衛とその時代가 출간되어 단 1권을 입고했을 때의 일입니다. 출간 전 도쿄대학출판회 영업 담당자에게 그 책의 내용을 듣긴 했지만 어떻게 취급해야 할지 판단이 서지 않아 우선 1권만 주문한 것이었습니다. 그 1권을 손에 들고 인문서 일본사 코너에 둘까, 예술서 건축 코너에 둘까, 그건 그렇고 과연 팔릴까…… 망설이던 차에 할아버지에게 붙잡혔습니다. 할아버

지는 내 손에 든 책을 보자마자 "대단한 책이 나왔구먼. 명작이야, 명작"이라며 메이지 시대의 정치 거물들과 조경가 오가와와의 관계를 열정적으로 이야기했습니다. '뭐 그 정도로 대단한 책이라면' 하는 생각이 들어서 추가로 4권을 더 발주해 계산대 앞 화제의 신간 평대에 진열했습니다. 그 후 이 책은 온갖 신문에 서평이 실리고 일본건축학회에서 상을 받는 등 높은 평가를 받아 고이시카와점에서도 스테디셀러가 되었습니다.

할아버지에게 입은 은혜는 하나 더 있습니다. 언젠가 "뭐야, 조경법도 없어?" 하고 할아버지에게 혼난 적이 있습니다. 할아버지가 말씀하신 조경법은 『도해 조경법』図解 庭造法이라는 책이었는데, 이 책은 메이지 시대 화가이자 조경가인 혼다가 일본 전통 조경법을 정리하고, 로쿠메이칸 등 대표적인 근대 일본 건축을 다수 담당한 건축가 콘도르가 영어 번역을 한 역사적 명작이었습니다. 몰랐던 제 잘못도 있긴 했지만 약간 귀찮은 마음으로 발주해 책장에 꽂아 두었습니다. 한참이 지나도 팔리지 않아 몇 번이나 책장에서 빼서 반품할까 고민했지만 그때마다 할아버지 얼굴이 떠올라 다시 돌려놓곤 했습니다.

어느 날 백야드에 있는데 계산대 아르바이트생이 내

선전화로 "콘도르의 정원 가꾸기 책이 있냐고 문의하시는데요?"라고 물었습니다. '이날만을 기다렸다!' 하고 종종걸음으로 계산대로 갔더니 『도해 조경법』을 찾고 있는 사람은 나 혼자 속으로 '대학원생 언니'라고 칭하던 단골손님이었습니다. 주로 젊은 사회학자의 신간이나 통계학 전문서, 패션 잡지를 구입했고 직장인은 아닌 것 같아서 내 마음대로 그렇게 칭하고 있었지만 실제로는 어떤지 알 수 없습니다만. 호불호가 조금 갈리겠지만 팔리면 좋겠다는 기대를 담아 신간 평대에 진열한 책을 꽤 높은 확률로 척척 사 주어 늘 고맙게 생각하던 고객이었는데, 설마 그 할아버지 덕분에 이 고객의 기대에 부응할 날이 올 줄이야. 놀랍고도 기뻤습니다.

『도해 조경법』을 건네며 그 고객과 잠깐 이야기를 나눴는데, 그녀는 중세철학에 관심이 많고 그중에서도 야마우치 시로 선생님 책이 재미있다고 귀띔해 주었습니다. 이 대화가 또 2년 뒤에 도움을 주었습니다.

2015년에 『작은 윤리학 입문』小さな倫理学入門이 출간되었습니다. 이때는 가구라자카 모노가타리가 오픈한 직후라 서가 구성을 어떻게 할지 방향을 모색하는 중이었습니다. 『작은 윤리학 입문』은 가격도 저렴해서 학생 고객이

많은 아유미북스 고이시카와점이나 와세다점이었다면 아마 30부는 진열했을 것입니다. 개인적으로도 관심이 가는 책이라 꼭 팔고 싶었습니다. 하지만 가구라자카 모노가타리는 고급스럽고 세련된 북 카페로 연출해야 한다는 생각이 그때는 지금보다 더 강할 때라 발주를 망설였습니다. 그때 떠오른 것이 '대학원생 언니'의 존재입니다. 그녀처럼 패션과 인문서에 골고루 흥미를 가진 여성 고객이 가구라자카에도 있을 테니 그걸 믿고 입고시켜 보자 싶었습니다. 이 판단은 맞아떨어졌습니다. 『작은 윤리학 입문』은 가구라자카에서 10권이 팔렸습니다. 덕분에 앞으로도 가구라자카 모노가타리의 고객에게 이 책뿐 아니라 인문서를 마음껏 소개하자는 다짐을 할 수 있었습니다.

다음에 주문할 책, 다음에 지향할 서가 구성을 항상 고객에게서 배웠고, 그에 부응하는 매장을 만들고자 했습니다. 그것이 옳은지는 고객의 판단에 맡길 수밖에 없습니다. 그래서 나는 내가 진열한 상품의 슬립에 빠짐없이 날짜를 써 넣습니다. 각 책의 자리를 최대한 테스트한 뒤, 슬립에 적힌 숫자와 매출 데이터의 숫자로 판단했을 때 팔리지 않았다면 그건 고객의 대답이 'NO'라는 뜻입니다. 그러면 주저 없이 다음 제안을 해야 합니다.

물론 '나의 제안'이란 말 뒤에는 저자, 편집자, 교정자, 디자이너, 인쇄업자, 제본업자, 영업 담당자, 총판 직원 등 수많은 사람이 얽혀 있습니다. 특히 어떤 편집자가 지금까지 만들어 온 책들을 관통하는 주제라든가, 어느 영업 담당자의 열정적인 제안이라든가, 총판 직원이 발주와 반품을 판단하는 객관적인 숫자 같은 것은 서가를 구성하는 방향에 직접적인 영향을 줍니다. 그런 그들이 각자의 자리에서 어떤 식으로 '책을 선물하고' 있을지 나도 아주 기대가 됩니다. 그러나 나는 서점인인 이상, 매일 고객에게서 밀려오는 생각을 다른 고객에게 돌려주는 것을 가장 우선해서 이야기할 수밖에 없습니다.

구레 료타久禮亮太

1975년 고치현 출생. 와세다대학 법학부를 중퇴했다. 아유미북스 와세다점 아르바이트, 산세이도 서점 계약직 직원을 거쳐 2003년부터 아유미북스 고탄다점에서 정직원으로 근무했다. 2010년부터 아유미북스 고이시카와점 점장으로 있다가 2014년에 퇴사했다. 2015년 독립해 '구레서점'을 창업했다. 가구라자카 모노가타리(도쿄도 신주쿠구) 등에서 책 선정이나 전반적인 서점 업무를 맡고 있으며 나가사키 서점(구마모토시) 등에서 직원 연수도 담당하고 있다.

이동하는 책방

이동식 책방 주인 · 미타 슈헤이

이동식 책방을 시작하기까지

2012년 초봄, 일하던 서점에서 독립해 이동식 책방을 계획하던 무렵이었다. 책방 대선배인 위트레흐트 서점의 에구치 히로시 씨가 웃으며 내게 말했다.

"책방에서 일해 본 적 없는 사람이라면 몰라도, 책방의 쓴맛 단맛 다 본 미타 씨가 이동식 책방을 하겠다니 재미있어. 좋은 의미로 제정신이 아니란 말이야."

듣고 보니 확실히 그렇다. 책방을 둘러싼 어려운 상황에 관해서는 여기서 새삼스레 말할 필요도 없거니와, 기존의 책방보다 훨씬 불안정하고 미래가 보이지 않는 이동식 가게를 열겠다니 객관적으로 보면 어디 아픈 게 아닌가 생각하는 게 당연하다. 주변에 이동식 책방 이야기를 꺼내면 꿈이 있어 부럽다는 긍정적인 반응도 있었지만, 뒤집어 생각하면 꿈처럼 허무맹랑하다는 뜻도 될 것이다. 같은 업계 사람들은 대부분 걱정스러운 반응이었다. 그렇지만 이상하게도 이동식 책방을 시작하겠다는 결심은 한순간도 흔들리지 않았다.

만약 뭔가를 시작하게 된다면 그게 책방이라고 생각했고, 자연스레 '이동식'이라는 스타일을 떠올리게 되었다. 책방 열풍이 불 때라 '책방의 새로운 가능성'이라든가

'책을 매개로 한 커뮤니케이션 방식'이라는 관점이 주목을 받았고, 이동식 책방도 그런 맥락으로 언급되는 경우가 적지 않았다. 하지만 나는 그런 복잡한 생각에는 별 관심이 없었고 목표도 아주 심플했다. 책을 필요로 하는 사람에게 책을 잘 전해 주는 것! 이동식 책방은 그를 위한 좋은 수단이었을 뿐이다.

책과 관련한 일을 하려고 마음먹는 계기는 사람마다 다르겠지만, 나의 경우 책과 사람이 좀 더 잘 이어졌으면 좋겠다는 소박한 생각에서였다. 내가 좋아하는 장르의 책이나 좋아하는 작가를 보다 많은 사람에게 소개하고 싶다는 마음이라기보다는 이 책의 주제처럼, 만드는 사람의 마음이 담긴 선물로서의 책을, 그것을 필요로 하는 사람에게 제대로 전달하는 매개체가 되고 싶었다. 책방을 연 지 십몇 년이 지난 지금도 그 마음에는 변함이 없다. 지금까지 카페형 서점, 출판사 겸 서점, 이동식 책방, 아파트 단지 내 서점, 전자 서점 등 다양한 방식으로 책을 판매하는 일을 해 왔다. 그때그때 접근 방식은 달랐지만, 목표는 '책과 사람을 잇는다'는 단 한 가지였다. 나는 학자도 평론가도 아니라서 업계 전체를 내다보는 빼어난 관점에서 이야기할 수는 없지만, 나 자신의 체험담이라면 할 이야기가 조금은 있을 것 같다. 지금까지 책방에서 일했던 경험을 간략히 돌아보며 그중에서도 가장 주된 경험인 이동식 책방에 관해 이야기해 볼까 한다.

　나는 어린 시절에는 책 읽는 습관이 없었는데 대학생이 되어 갑자기 독서의 즐거움에 눈을 떴다. 계기라고 할 것도 없지만, 당시 회계사를 목표로 하고 있었는데 회계와 금융 공부에 도움이 될까 하고 가벼운 마음으로 읽었던 경제 소설 『금융부식열도』가 너무 재미있었다. 그때까지는 평소 책을 읽어야겠다는 생각이 전혀 없었는데, 책 읽는 즐거움을 알고 나니 나쓰메 소세키나 다자이 오사무 같은 소설가의 명작부터 무라카미 하루키나 이사카 고타로 등의 당시 유행하던 현대 소설가의 작품까지, 내가 다니던 센슈대학 도서관에서 닥치는 대로 읽었다. 새로운 생각과 지식이 늘어나면서 지금까지 막연하게 생각했던 것이 언어화됨으로써 사물이 선명하게 보이기 시작했고 시야가 넓어지는 경험을 했다. 이 시기에는 책을 읽는다는 행위가 마냥 즐거웠다.

　책의 즐거움을 알고 취향도 어느 정도 굳어지자 새로운 고민이 생겼다. 닥치는 대로 읽어서는 마음에 드는 책을 만날 확률이 그리 높지 않다는 고민이었다. 아마존이나 스마트폰, SNS가 없던 시대라 방대한 출판물 속에서 약간의 정보와 내 감각에만 의지해 마음에 드는 책을 찾기란 꽤 힘든 일이었다. 누군가에게 갔다면 분명 환영받았을 책이 그러지 못하고 서점에서 조용히 사라진다면 정말 안타까운 일이다. 드라마나 만화에서 서로 호감 있는 사람끼리 상대방의 마음도 모르고 번번이 엇갈리기만 할 때 "저 사람도 당신을 좋아해요!" 하고 참견하고 싶어 근질근질한 느낌과 비슷할 것이다. 드라마라면 머지않아 서로의 마음을 알아채고 해피엔딩으로 끝날 테지만, 책과 사람은 끝까지 이어지지 못하는 경우가 더 많지 않을까. 이런 슬픈 엇갈림을 하나라도 줄이고 싶어서 책과 사람 사이에서 교통정리를 하고 서로를 이어 주는 책방을 만들고 싶었다. 특히 기존 구조에서는 만날 확률이 낮은 책과 사람이 이어지는 장소가 생긴다면 책(혹은 책을 만드는 사람)과 독자, 내가 모두 행복해지리라. 취업 준비도 하지 않고 그런 고민으로 밤을 지새우는 사이 대학을 졸업했고, 떠밀리듯 책방 업계에 발을 들여놓게 되었다.

당시에는 전혀 몰랐지만 내가 책의 재미에 눈 뜬 2000년대 초반은 지금의 책방 업계에 하나의 조류를 만든 새로운 스타일의 서점이 속속 문을 열던 시기였다. 2002

년에 위트레흐트, 카우북스, 2003년에 림아트, 쓰타야 도쿄 롯폰기, 핵넷 다이칸야마점, 2004년에는 북 246이 오픈했다. 서점은 아니지만 북 코디네이터 우치누마 신타로 씨가 북 큐레이션 단체 '북 픽 오케스트라'를 설립한 것도 이 시기다. 2005년에 대학을 졸업한 나는 책과 사람이 만나는 플랫폼이 될 가능성을 보고 '북 카페'라는 업태에도 흥미를 갖고 있었다. 그래서 스타벅스가 있어서 구입 전의 책도 커피를 마시며 자유롭게 읽을 수 있는 쓰타야 도쿄 롯폰기Tsutaya Tokyo Roppongi(이하 TTR)에서 아르바이트를 시작했다. 이 서점은 카페가 함께 있는 것 외에 또 하나 큰 특징이 있었다. 출판사별, 저자별로 나누던 기존 서점의 코너 구성을 없애고 북 디렉터 하바 요시타카 씨의 감수 아래 라이프스타일별로 다양한 형태의 책을 폭넓게 선택하고 편집한 서가가 화제였다. 'Travel' 서가의 인도 코너에는 『지구를 걷는 법』地球の歩き方 시리즈와 『세노 갓파의 인도 스케치 여행』河童が覗いたインド은 물론 『붓다』와 인도의 인테리어를 모은 해외 서적 『Indian Interiors』 등이 모여 있고, 'Food' 서가에는 일반 레시피를 다룬 책 외에도 『키친』 같은 소설이나 『고독한 미식가』 같은 만화, 『까마귀네 빵집』からすのパンやさん 같은 그림책도 진열되었다. 이런 식으로

다른 서점에서는 보통 함께 진열되지 않는 책이 같은 줄에 늘어선 이 책방은 이른바 체인서점 서가밖에 몰랐던 내게는 아주 자극적이라 진열대를 바라보고만 있어도 즐거웠다. 그때까지만 해도 그저 책을 좋아하는 사람에 불과했던 나를 책방 마니아로 만들어 준 것도 이 책방이다.

그 후 '시보네'라는 인테리어 숍의 도서 코너 담당자로 일했다. 가구나 식기, 의류, 아트 등과 책을 결합해서 각각의 책이 가진 재미를 이끌어 내는 일이었다. 책 구입을 목적으로 방문한 것이 아닌 사람에게 책을 파는 게 얼마나 어려운 일인지 통감했다. 또 상품 디스플레이, 공간 연출이라는 의미에서 상품의 색감부터 조명까지, 여느 책방과는 다른 차원의 테크닉을 경험하며 당연한 말이지만 책방이 다른 업종에서 배울 점이 많다는 걸 느꼈다.

그리고 좋은 기회에 오쿠시부야에 위치한 출판사 겸 서점 시부야 퍼블리싱&북셀러Shibuya Publishing&Booksellers(이하 SPBS)의 창립 멤버가 되어 점장으로 4년간 근무했다. 서로 다른 장르의 책을 믹스하는 것에서부터 책 이외의 상품, 토크 이벤트, 워크숍 등 눈에 보이는 것과 보이지 않는 것을 다양하게 조합해 종합적으로 책을 판매하는 일에 관해 생각했다. 또 소규모지만 책을 만들고, 유통시키고, 판매하는 기본적인 흐름이 모두 회사 내에서 이루어지는 과정을 접할 수 있어 아주 귀중한 체험이었다. 서점 직원으로서의 기초를 배운 곳이 TTR이라면, 서점 운영의 기초를 배운 곳이 SPBS다.

형태가 다른 책을 믹스하는 것도, 잡화나 식품 등 다른 분야의 상품을 접목하는 것도, 토크 이벤트나 기획전 등을 여는 것도 모두 책과 사람을 연결하려는 시도였고 내게는 하나하나가 피와 살이 되었다. 그러나 아무리 그런 아이디어를 낸들 예상한 고객이 방문하지 않는다면 책과 사람이 이어질 일은 없다. 이러이러한 사람이 오면 분명 좋아할 거라고 예상하고 있어도 실제로 서점을 찾은 고객을 컨트롤하는 것이 정말 어렵다는 것도 느꼈다. 그렇다면 발상을 바꾸어 서점이 고객을 찾아가는 건 어떨까. 그렇게 '이동식 책방'을 떠올리게 되었다.

찾아가는 서점

내가 시작한 '북트럭'은 짐칸이 어른이 설 수 있는 높이 정도 되는 상용 밴에 500~600권가량의 책을 싣고, 장소에 따라 서가 구성이나 진열 방식을 바꾸어 야외 마켓이나 상점가, 마르쉐(시장) 등에 출점하는 이동식 책방이다.

고객층이나 테마에 맞게 책을 고르는 기존의 셀렉트 서점 방식에 이동식이라는 개념을 접목시켜 책과 상품 구성에 따라 손님과 장소를 선택한다는 역발상의 접근이 가능해진다. 그러면 지금까지와는 다른 형태로 책과의 접점을 제안할 수 있을 거라 생각했다. 구체적으로 사업 구상을 하던 중에 초등학생 시절 근처 공원에 오던 이동도서관 차가 참 좋았던 기억이 떠올랐다.

차 안 가득 책이 들어 있는 비일상적인 광경은 책에 전혀 관심이 없는 나 같은 아이도 단숨에 매료시켰다. 그 방법이라면 책을 좋아하지 않는 사람도 책에 흥미를 갖도록 할 수 있을 것 같았다. 또 그 시기에는 책을 구입하는 수단으로 아마존이 꽤 침투해 있던 상황이라 온라인 서점과 오프라인 서점의 차이를 생각해 볼 기회도 많았다. 검색 기능이나 편리함으로 따지면 온라인 서점과 비교가 되지 않지만, 우연한 발견이나 쇼핑이라는 행위 자체를 즐기기에는 오프라인 서점만 한 곳이 없다. 그렇다면 오프라인 서점은 되도록 즐거운 장소여야 한다. 차 밖에서 서가를 들여다보는 방식도 생각했지만, 아무래도 차에 올라타 책을 고르는 것이 아지트 같기도 해서 훨씬 재미있을 것 같았다.

이동식 책방의 이미지가 정해진 뒤에는 시간 나는 대로 인터넷을 뒤지며 적당한 차종을 찾았다. 차내(짐칸)가 어른이 설 수 있을 만한 높이여야 하고, 양쪽에 책장을 나란히 둘 수 있을 정도로 차폭이 여유롭고, 외형도 근사하기를 원했는데 차에 관해 전혀 아는 것이 없던 나는 어떻게 그런 차를 찾아야 할지 몰라 검색 조건을 바꿔 가며 중고차 판매 사이트만 붙잡고 씨름을 했다. 그러다 미국 차 한 대를 발견했다. 쉐보레의 쉐비밴이라는 풀 사이즈 밴으로 원하는 조건을 모두 충족했다. 장사를 하기에도 편할 것 같았고 무엇보다 디자인이 완전히 내 취향이었다. 곧바로 구마모토에 있는 중고차 판매점까지 실물을 보러 가서 첫눈에 반한 나는 그 차를 사야 할 이유를 필사적으로 찾아 최악의 경우 자가용으로 쓴다고 자기 합리화해 가며 결국 구입했다. 총 지불액이 약 140만 엔이었는데, 장사한다는 주제에 모아 둔 돈도 거의 없었던 나는 자동차 대출을 받아 북트럭의 기반이 되는 차량을 손에 넣었다.

북트럭을 시작한 지 6년이 지났다. 매번 출점 때마다 도서 교체를 비롯해 출점 장소에서의 영업 준비와 철수까지, 소규모 이사를 반복하는 수준의 육체적 부담이 있고, 야외에서 영업하기에 기온이 적당한 날은 1년에 손에 꼽을 정도로 적어 대개는 덥거나 춥거나 혹은 죽도록 춥거나 했다. 비가 와서 출점이 무산되는 경우도 적지 않다. 차량에 문제가 생기는 경우도 많은데, 첫 번째 북트럭이 엔진 고장으로 움직이지 않아 3년 만에 두 번째 북트럭으로 바꾸기도 했다. 찾는 사람이 있는 곳으로 책방이 직접 이동하는 방식은 시대에 역행할 뿐 아니라 효율적이지도 않다. 이처럼 북트럭을 그만둘 이유는 얼마든지 있지만 그래도 멈추지 않고 계속하는 건 이동식 책방이어서 가능했던 책과 사람의 만남을 수없이 목격했기 때문이다.

야마가타에 위치한 도호쿠예술공과대학으로 출점했을 때의 일이다. 학생들의 열기가 어찌나 뜨겁던지 그때의 기억은 아직도 생생하게 남아 있다. 예공대에서 현직 강사로 있는 SPBS 시절 동료의 제안으로 출점이 이루어졌는데, 사실 이때는 대학 내에서의 책 판매가 금지되어 있었다. 캠퍼스 안에 이동식 책방이 들어가 책을 판매한다는 건 꽤 까다로운 일이다. 도서관이나 생협과의 균형 문제도 있고, 교내에 장사하는 업자를 함부로 정하지 못하게 되어 있다(공모 후 엄격한 심사를 거쳐 결정된다). 전례가 없어서 힘들다는 경우도 있고 이유는 대학에 따라 여러 가지일 수 있는데 예공대에서도 교내 판매는 허용되지 않았다.

고육지책으로 교내에서는 열람만 하고 사고 싶은 책이 있으면 예약 형태로 책을 보관한 뒤 몇 시간 뒤에 출점 장소를 대학 건너편에 있는 닭꼬치 가게 주차장으로 옮기면 거기에서 책을 구입하는 방식이 정해졌다. 클릭 한 번으로 원하는 책을 손에 넣을 수 있는 세상에 책 한 권 사기가 너무 복잡한 건 아닐까 싶었다. 하지만 이런 까다로운 절차에도 불구하고 북트럭은 하루 종일 대성황이었다. 좁은 차 안은 금세 가득 찼고 차 외부의 책장을 구경하며 차 안으로 들어갈 차례를 기다리는 학생으로 북새통을 이뤘다. 그런 광경을 보면 여덟 시간에 걸쳐 요코하마에서 야마가타까지 운전해 간 피로는 씻은 듯이 사라진다. 동시에 정신이 번쩍 들었다. 정신없이 책을 찾고 책장을 넘기는 학생들의 모습에서는 책에 대한 간절한 '굶주림'이 느껴졌다. 북트럭은 지금 그 허기를 채우고 있다. 책방 주인으로서 이보다 큰 보람이 있을까.

학생들에게 들어 보니 대학 내에는 서점이 없고, 학교 주변에는 대형 체인서점이나 오래된 동네 책방이 있긴 하지만 아트북이나 해외 잡지, ZINE 등을 살 수 있는 서점은 거의 없다고 했다. 그것은 예술계 대학에 다니며 가능하면 많은 것을 흡수하고 싶은 학생들에게 심각한 문제였을 것이다. 이날은 미래의 서점 형태를 여러 각도에서 검증하고 내다본 기타다 히로미쓰의 『앞으로의 책방』이 많이 팔렸다. 며칠에 걸쳐 팔 요량으로 차에 넉넉히 싣고 온 15권이 금방 다 팔렸다. 책을 산 학생 중에는 "꼭 읽어 보고 싶었던 책이에요. 야마가타현에는 취급하는 가게가 없어서 센다이까지 사러 갈까 고민하던 참이었어요"라며 운 좋다는 학생도 있었지만, 대부분의 학생은 이 책의 존재도 몰랐다가 보니까 재미있을 것 같아서 산다고 했다. 이 밖에도 독립 출판물 등 일반 체인서점에서 쉽게 볼 수 없는 책 위주로 많이 팔렸다. 도쿄에 비하면 그런 책을 살 수 있는 가게가 적다는 물리적인 문제도 있지만, 그런 책이 있는지조차 모른다는 정보 격차도 꽤 크다는 생각이 들었다.

그러고 보니 북트럭을 시작할 때 출점 장소로 가장 먼저 떠올린 곳이 대학교이다. 대학생 때는 꽤 많은 책을 읽으며 책을 많이 안다고 생각했던 나였는데 TTR에서 일하면서 내가 얼마나 무지했는지 깨달았다. 현대 미술, 타이포그래피 디자인, 모더니즘 건축, 현대시, 만화bande dessinée, 해외 독립 패션잡지 등 처음 접하는 장르나 문화가 무궁무진했고 순식간에 매료되었다. 대학 시절에 내가 세상물정을 모르기도 했지만, 대학 도서관이나 체인서점에 이런 세계나 삶의 방식이 있다는 사실을 결코 알지 못했다. 당시에 이런 것들을 접했다면, 인생이 달라졌을 거라고 단언하진 못해도, 선택의 폭은 확실히 넓어졌을 것 같다. 학생들이 꼭 과거의 내 모습 같아서 북트럭을 통해 다양한 삶의 방식과 가능성을 접할 수 있는 경험을 제공하고 싶었다.

책방이 많이 없다는 건 단순히 책을 살 때 불편하다는 것 외에도 자신이 모르는 책의 세계와 만날 기회가 적다는 뜻이기도 하다. 평소에 만나기 힘든 세계와의 접점을 만들려고 '책에 굶주린 사람'이 있는 곳으로 책을 싣고 가는 것이 북트럭의 역할 중 하나다.

이동식 책방의 또 다른 역할은 평소에 책방에 잘 가지 않는 사람, 책을 읽는 습관이 없는 사람에게 직접 찾아가 책에 흥미를 가질 기회를 만들어 주는 것이다. 그렇다고 무작정 아무나 찾아가 아무 책이나 들이민다고 되는 것은 아니다. 중요한 건 누구에게 어떤 식으로 책을 보여 주느냐 하는 것이다.

'좋은 책'이란

나는 책방 주인이니 당연히 책을 잘 '파는' 게 중요하다. 물론 책이 팔리면 돈을 벌어서 좋은 것도 있다. 하지만 책이 팔렸다는 건 돈을 내면서까지 갖고 싶어 하는 사람에게 책이 잘 도착했다는 증거이기도 하다. 책은 음식과 달리 사람이 많다고 해서 많이 팔리는 게 아니다. 아무리 사람이 많아도 책에 관심이 없으면 쉽게 팔리지 않는다. 하지만 책과 어떻게 만나느냐에 따라 책에 관심이 없는 사람도 책에 흥미를 가질 수 있다. 그것을 실감했을 때가 아이치현 가마고리시에서 개최된 '숲, 길, 시장'에 출점했을 때의 일이다.

바다와 맞닿은 공원과 놀이공원을 무대로 야외 마켓, 음악 페스티벌, 캠핑 공간이 합쳐진 복합 이벤트였는데, 장소도 더할 나위 없고 각 프로그램의 질도 높아 인기가 있었다. '숲, 길, 시장'은 공연장 내 여러 무대에서 계속 라이브가 열리고 있어 입장할 때 입장료를 몇천 엔 내야 하긴 했지만, 입장객 대부분이 마켓에 나온 상품에 적극적이고 개방적인 마인드라 이벤트장 전체에 '뭔가 근사한 것을 사고 말겠어!'라는 분위기가 가득했다. 판매 경험자라면 알겠지만 이런 곳에서 물건을 파는 건 아주 행복한 일이다. 게다가 평소 무관심했던 책에 흥미를 가지게 하기엔 절호의 환경이었다.

이 이벤트는 KAKATO나 료후 카르마, DAOKO 같은 힙합 아티스트가 많이 라인업되어 있고 현장에서 MC 배틀이 펼쳐지는 등 전체적으로 힙합 느낌이 강하지만, 손님들은 골수 힙합 팬이라기보다는 장르를 불문하고 좋은 것에 폭넓게 관심 있는 사람이 많다. 그래서 이곳에서는 『힙합 가계도』ヒップホップ家系図가 압도적으로 많이 팔렸다. 현재 4탄까지 나온 인기 시리즈로, 힙합을 좋아하고 관심이 있지만 그 뿌리나 발전의 역사는 잘 모르는 사람에게 안성맞춤인 책이다. 미국 만화를 일본어로 번역한 책이라 쉽고 재미있으면서도 체계적으로 힙합 분야의 지식을 쌓을 수 있다. 현장 손님들이 "『힙합 가계도』라는 책이 있어! ○○이가 좋아할 것 같지 않아?" "우와, 『힙합 가계도』가 뭐야?! 완전 재미있겠다!" 하며 관심을 가지기 시작했다. 이 책은 가볍게 마켓을 어슬렁거리는 사람을 단번에 끌어당기는 힘이 있었다. 큼직한 판형과 독특한 제목도 사람들의 이목을 끄는 데 한몫했다. 만일 이 책을 이곳에서 만나지 못했다면 인터넷에서 이 책을 발견해서 구입했을 가능성은 거의 없었을 것이다. 어쩌다 서점에 들어가 우연히 발

견했을 수는 있지만, 페스티벌에서 힙합 라이브를 들으며 흥이 오른 그 순간보다 이 책을 만날 좋은 타이밍은 없다. 다시 말해 이곳이어서 책의 매력이 최대한 발휘된 것이다. 물론 이렇게 잘 맞아떨어지는 경우는 드물지만, 누구에게 어디에서 팔 것인가 하는 환경 자체를 다양하게 시도하며 책과 사람을 잘 잇는 것이 이동식 책방의 역할 중 하나라고 생각한다.

북트럭을 시작하기 전까지는 나 같은 책 마니아가 좋아할 만한 이른바 '좋은 책'을 확보하는 데 힘을 쏟았다. 그건 그것대로 책방을 운영하는 데 있어 중요하지만, 이동식 책방을 하기로 결정하고 난 뒤에는 무슨 책을 들여올까 하는 것과 동시에 매입한 책을 누구에게 어떻게 전달할 수 있을까를 고민하게 되었다. 누군가는 별 가치를 느끼지 못하는 책일지라도 또 다른 누군가에게는 더없이 매력적으로 느껴지는 책일 수 있다. 쉽게 말하면 '좋은 책'이나 '좋은 상품 구성'은 사람마다 다르다. 지가사키의 해변가를 산책하는 아저씨에게는 10년 전에 나온 잡지 『SWITCH』 서던 올 스타즈 특집이, 빈티지 의류 마켓에 구경 온 영국 빈티지옷 마니아에게는 닉 나이트의 『스킨헤드』Skinhead 가, 공원에 놀러 나온 모녀에게는 『365일 베드 타임 스토

리』365日のベッドタイム・ストーリー나『호빵맨』시리즈가 '좋은 책'
이다.

고정된 장소, 특정 문화권에서 책방을 운영하다 보면
책을 좋아하는 사람이 좋아할 만한 '좋은 책'만 추구하기
쉽다. 오해를 무릅쓰고 말하자면 북트럭은 책을 좋아하는
사람을 위한 서점이 아니다. 책을 좋아하는 사람은 스스로
책을 찾을 수 있고, 어디에 가면 자기 취향에 맞는 책을 만
날 수 있는지도 안다. 이미 그 사람들에게 적합한 훌륭한
책방이 많이 있다. 북트럭은 뭔가에 흥미를 느끼고 지식이
나 정보를 알고자 하는 사람에게 책을 통해 무언가를 제
공해 줄 수 있으면 된다. 예를 들어 책에는 전혀 관심이 없
지만 낚시를 좋아하는 사람에게 『헤밍웨이 낚시 문학 걸
작선』Hemingway on Fishing을 추천하면 기꺼이 구입할지 모
른다. 하지만 그 사람이 책을 좋아해서 그 책을 사는 건 아
니다. 이런 맥락에서 책을 사는 사람이 모두 책을 좋아하
는 사람은 아니니, 책을 그다지 좋아하지 않는 이들을 위
한 서점이 있어도 좋지 않을까. 회계 공부를 하려고 읽은
경제 소설이 계기가 되어 내가 책을 좋아하게 된 것처럼
책을 좋아하는 사람이 조금이라도 늘어났으면 하는 바람
이다.

독립 후 6년간, 북트럭용 책을 보관할 장소를 겸해서 이동식이 아닌 일반 매장을 열기도 했다. 이동식 가게를 하다 보니 반대로 고정 점포에서만 가능한 일도 있다는 데 생각이 미쳤다. 시간을 들여 쌓은 가게에 대한 신뢰감이나 고객과의 농밀한 관계가 있어야 비로소 전해지는 책이 있다. 장소가 있기에 커뮤니티가 생기고, 그 속에서 책과 사람이 연결된다. 그것도 아주 멋진 일이지만, 이동식 점포와 고정 점포 양쪽 다 만족할 만한 수준을 유지하며 운영하는 건 아무래도 힘에 부쳤다. 그래서 2017년부터는 이동식 책방에만 전념하고 있다.

책을 원하는 사람에게 책을 전하기 위해 북트럭이 할 수 있는 일은 아직 많다. 앞서 말한 대학 출점도 아직 이루지 못했고, 어린 시절에 나를 매료시켰던 이동도서관처럼 정기적으로 아파트 단지를 찾아가고 싶기도 하다. 각지를 돌며 공연을 펼치는 서커스단처럼 일본 전국을 순회하는 것도 즐거울 것이다. 병원이나 요양 시설 같은 곳에 출장을 가도 기뻐해 줄지 모른다. 북트럭으로 생계를 꾸려야 하는 입장이니 모든 것을 다 실현하기는 어렵겠지만, 하고 싶은 일은 이루 말할 수 없이 많다. 아직 만나지 못한 책과 사람을 이으려 북트럭은 앞으로도 계속해서 달릴 것이다.

미타 슈헤이三田修平

요코하마시에 거주하며 이동식 서점 '북트럭'을 운영하고 있다. 쓰타야 도쿄 롯폰기, 시부야 퍼블리싱&북셀러 등을 거쳐 2012년에 독립했다. 이동식 서점 '북트럭' 외에도 음식점이나 소매점의 책 선정이나 잡지·웹사이트 연재 등 다양한 형태로 책과 관련한 일을 하고 있다.

잠자는 한 권의 책

비평가 · 와카마쓰 에이스케

작가 엔도 슈사쿠는 종종 '생활'과 '인생'이라는 단어를 대비해서 사용했다. 생활은 수평으로 펼쳐지며 지나가는 것이지만, 인생은 수직선을 그리며 때로는 하늘을 향해 뻗고 때로는 땅 깊숙이 들어간다. 사람이 생활에 너무 힘을 쏟으면 인생이 내는 목소리를 놓칠 수 있다.

외톨이가 된 지금, 이소베는 생활과 인생이 근본적으로 다르다는 것을 겨우 알게 되었다.

―『깊은 강』

돈은 생활에 없어서는 안 된다. 마찬가지로, 말은 우리 인생에서 없으면 안 되는 것이 아닐까.『깊은 강』의 이 등장인물도 아내가 남긴 말을 믿고 죽은 아내를 찾아 여행을 떠난다.*

사람은 미래를 생각해 얼마간의 돈을 저축하려고 한다. 돈이 있으면 삶의 불안이 조금은 사라질 거라 믿는다. 지금의 일본처럼 미래가 불확실한 사회에서는 저축의 열망이 더욱 뜨거워진다. 그러나 인생의 차원에서는 말이 곧 빛이 된다. 남은 인생을 생각해 말을 저축한다는 사람은 결단코 많지 않다. 미래를 위해 돈을 준비하듯 말을 준비

---

* 이소베의 아내는 숨을 거두며 꼭 다시 태어날 테니 자신을 찾아오라는 말을 남긴다.

한다는 사람은 잘 들어 보지 못했다.

돈으로 물건을 사서 소중한 사람에게 선물하는 사람은 많지만 말을 선물하는 사람은 드물다. 옛날에는 달랐다. 온 마음과 몸을 다해 말을 선물했다. 죽은 사람에게 말을 전하고 싶은 열망이 만가挽歌를 탄생시켰다. 일본에서는 그것이 와카和歌의 기원이 되었다. 다음으로 인용하는 것은 『만요슈』万葉集에 수록되어 있는, 가키노모토노 히토마로柿本人麻呂가 죽음을 맞이하며 지었다고 전해지는 한 수이다. "바위를 베개 삼다"란 죽어 가고 있다는 의미다.

가모야마 산 바위를 베개 삼은 나를 아무것도 모르고 아내
는 기다리네
―『만요슈』(제2권 223)

남편인 내가 가모야마鴨山 산 길가에 쓰러져 죽는 줄도 모르고 아내는 돌아오기만 기다리고 있겠지, 하는 것이다. 남편과 여행에 동행한 사람이 이 시가를 전했을 것이다. 이 시가에서 히토마로는 감정을 직접적으로 표현하지 않는다. 하지만 이 말이 아내에게 전해지면 그 가슴속에서 오래도록 살아 있으리라 믿고 있다. 달리 무엇을 보낼

수는 없지만 말이라도 보내려고 안간힘을 쓴다. 그에게 말은 시간과는 달리 지나가 버리지 않는, 우리가 '시절'이라고 부르는 것의 그릇이었다. 히토마로는 사건을 시가로 만들어 '시간'이라는 세계의 사건을 '시절'의 세계로 보내려 한다.

현대인은 히토마로만큼 말의 힘을 믿지 않는다. 눈에 보이는 것의 힘만 믿는다. 하지만 현대에 사는 우리가 말의 기능을 등한시한다고 해서 말에서 그 위력이 사라지는 것은 아니다. 히토마로만큼은 아니더라도 우리도 시가를 지어 '시간'의 세계에서 일어난 일, 즉 엔도 슈사쿠가 말하는 생활의 사건을 '시절'의 세계, '인생'의 차원에 새길 수 있다.

돈으로는 돈으로 살 수 있는 것만 산다. 돈은 인간이 발견한 생활 속의 약속이다. 그래서 이 '약속'이 미치지 않는 곳에서는 돈은 전혀 쓸모가 없다. 아무리 저축통장의 자릿수가 늘어나도 돈으로 살 수 없는 물건을 손에 넣을 가능성은 높아지지 않는다. 아니 오히려 낮아질지도 모른다. 현대를 살아가는 우리는 우리도 의식하지 못하는 사이에 돈으로 도리어 세계를 작게 만들고 있는지도 모른다.

이미 쌓여 버린 벽을 깨부수는 것은 '말'이다. 말만이 그것을 할 수 있다.

어느 날 친구와 이야기를 하는데 돈 이야기가 나왔다. 친구는 말했다.

"세상 대부분의 것은 돈으로 살 수 있어. 하지만 돈이 아무리 많아도 살 수 없는 것이 있네. 돈으로 살 수 없는 것이야말로 엄청난 가치를 지니지."

하나도 틀린 말은 아니다. 하지만 이 말을 들으며 거의 반사적으로 내 속에 완전히 다른 생각이 떠올랐다.

'아니다. 돈으로 살 수 있는 건 극히 일부고, 세상 대부분의 것은 돈으로 살 수 없다.'

말은 안 했지만 벅차오르던 감정이 워낙 강렬해서 똑똑히 기억한다. 친구의 명예를 위해 말해 두지만, 그는 아주 진실하고 돈으로부터 자유로운 호인이다. 친구도 결국엔 나와 똑같은 이야기를 한 것이리라. 하지만 친구만큼 돈으로부터 자유롭게 살지 못한 나는 나 자신을 훈계하듯 스스로에게 그렇게 말해야 했다.

우리는 다양한 말에 영향을 받는다. 그러나 가장 강력한 힘을 가지는 건 자신이 하는 말이다. 모든 말이 다른 사람에게 전달된다고는 할 수 없다. 하지만 그때도 자신만은 듣고 있다. 사람은 자신의 말에서 벗어날 수 없다. 덧붙여 말하자면, 말이 그 사람의 세계를 만든다.

현대사회에서는 어느 정도 돈이 없으면 생활하기가 아주 곤란하다. 돈의 힘은 사람의 인생을 크게 좌우한다. 예수를 배신했을 때, 유다가 손에 들고 있던 건 은화 서른 닢이었다. 어떤 이는 유다를 엄청난 악인처럼 이야기하지만, 열두 명의 제자 중 우리와 가장 가까운 사람은 이 인물일지도 모른다. 예수는 인생 그 자체, 은화는 생활의 세계에 있는 함정의 상징이다. 『신약성서』에서 말은 현대와는 전혀 다른 무게감으로 그려진다.

> 그러고서 예수께서 성령님의 인도를 받아 마귀에게 시험을 받으러 황야로 나가셨다. 그리고 40일을 밤낮으로 금식하신 뒤 몹시 시장하셨다. 그러자 시험하는 자가 예수께로 다가와 말했다. "만약 네가 하나님의 아들이면 이 돌들을 빵이 되게 하라."
>
> 예수께서 대답하시기를 "성경에는 '사람이 빵으로만 살 것이 아니요 하나님의 입에서 나오는 모든 말씀으로 살 것이라'라고 쓰여 있다."
>
> ─『신약성서』「마태복음」 4장 1~4절

'빵'은 돈으로 살 수 있고 우리 몸의 살이 되어 준다. 그러나 '하나님의 입에서 나오는 모든 말씀'은 돈이라는 인간의 법칙에 좌우되지 않으며 우리의 마음, 다시 말해 영혼의 양식이 된다는 것이다.

사람은 자기가 소중히 여기는 것을 많이 가진 자를 존경한다. 돈을 소중히 여기는 사람은 경제적으로 부유한 사람을 경애해 마지않는다. 하지만 돈으로는 살 수 없는 것에 매료된 사람에게 재산의 많고 적음은 그 사람을 존경할 이유가 되지 않는다.

돈으로 살 수 있는 것은 소유할 수 있고, 때에 따라서는 독점할 수도 있다. 하지만 소유할 수 없는 것, 독점할 수 없는 것은 돈의 힘이 미치지 않는 곳에 있다. 역사적인 명화를 산 사람은 소유에서 오는 만족감은 느낄 수 있다. 하지만 그 색채 속에 깃든 불후의 아름다움을 느낄 수 있다는 보장은 없다. 또 소유자는 그 그림을 다른 사람에게 보여 주지 않을 수는 있지만, 누군가가 보고 거기에 있는 아름다움에 감동하는 것을 막을 수는 없다.

책의 경우는 어떨까. 책을 소유하는 것과 거기에서 자신의 인생을 바꿀 만한 말을 찾는 것은 같지 않다. 돈을 내면 책을 살 수는 있다. 큰돈을 동원하면 전부 사들일 수도 있다. 그러나 아무리 많은 돈을 들인다고 한들 거기에서 자신의 인생을 구원할 한마디를 발견하리라는 보장은 어디에도 없다.

쓰여 있는 모든 말을 이해하지 못할지언정 어떤 뜨거움과 함께 그것을 받아들였을 때 그 만남이 인생을 변화시키기도 한다. 그것은 자신이 쓴 말을 직접 읽을 때다. 쓰는 것은 생각을 말로 표현하는 것이 아니다. 그것은 메모에 지나지 않는다. 진정한 의미의 쓰기란 쓴 말에 이끌려 미지의 자신을 만나는 일이다.

생활을 위해서는
얼마간의
돈이 필요하다
그래서
능력에 맞게
저축을 한다

하루하루를 살아가기 위해서는
얼마간의
말이 필요하다

그러나
충분한 저축이란 게
있을까

소중한 사람이
어려움을 겪을 때
돈을 보낸다
하지만 우리는
말을 보낼 수도 있다

눈을 감고
마음을 열어 땅에서 하늘에서
오가는 것에서 그리고 책에서
활활 타오르는
삶의 의미를 널리 알릴
생명의 말을 찾아라

세상에 둘도 없는 것을 주고 싶다면, 사람은 온 힘을
다해 말을 하면 된다. 철학자 이즈쓰 도시히코는 언어를
통한 말 외에도 다양한 의미의 도구가 있다고 지적하며 그

것을 아울러 '고토바'ㅋㅏㅂ라고 불렀다. 시인에게는 고토바가 언어이고, 화가에게는 색과 선, 음악가에게는 선율, 무용가에게는 춤과 동작, 조향사에게는 향기가 곧 고토바이다.

세상에는 다양한 고토바가 있다. 그런데 그중에서 가장 열려 있는 것이 언어로서의 말이기도 하다. 지금 당장 화가나 음악가가 될 수는 없다. 그러나 우리는 아무런 준비 없이도 시인이 될 수는 있다. 더 정확하게 말하면, 내면의 시인을 깨울 수 있다. 그리고 세상에 둘도 없는 시집을, 세상에 둘도 없는 소중한 사람에게 보낼 수 있다.

시 같은 건 쓸 생각도 해 본 적 없다는 목소리가 들려오는 듯하지만, 그것은 선입견에 불과하다. 예전에는 모든 이의 마음에 한 권의 시집이 잠자고 있는 건 아닐까 짐작하는 정도였지만, 지금은 확신하고 있다.

「읽고, 쓰다」라는 제목으로 '말'과 '고토바'에 관한 강좌를 시작한 지 5년이 지났다. 지금까지 남에게 보여 주는 글을 써 본 적이 없다는 수백 명의, 아니 어쩌면 수천 명의 사람을 만났다. 그런데 그 대부분이 지금 직접 시를 쓴다. 그중 몇몇은 손수 시집을 만들었다. 그 시집을 보며 가장 놀라워하는 사람은 그것을 받은 이가 아니다. 바로 본인이다. 그들의 모습을 보면 시를 쓴다기보다 시로 산다는 느낌을 받기도 한다. 물론 시가 아니라 소설이나 에세이도 좋다. 하지만 솔직히 시가 가장 평이하다.

인생의 암흑기는 누구나 겪는다. 그 어둠에서 헤어나기 위한 빛을, 사람은 쓰는 행위로 자신이 자신에게 스스로 줄 수 있다. 그 말로써 스스로를 깊이 위로하고, 치유하고, 격려하며, 때로는 화해할 수도 있다. 자신이 정말 필요로 하는 말은 자신만이 쓸 수 있다는 것을 우리는 잊고 있는 건 아닐지.

와카마쓰 에이스케若松英輔
1968년 니가타현 출생. 비평가이자 수필가. 게이오기주쿠대학 문학부 불문과를 졸업했다. 2007년 「오치 야스오와 그 시대─ 구도求道의 문학」으로 제14회 미타문학 신인상 수상, 2018년 『보이지 않는 눈물』見えない涙로 제33회 시가문학관상을 수상했다. 저서로『영원불변의 꽃, 이시무레 미치코』常世の花 石牟礼道子, 『고바야시 히데오, 아름다운 꽃』小林秀雄 美しい花, 『슬픔의 비의』, 『너의 슬픔이 아름다워 나는 편지를 썼다』, 『말의 선물』, 『영성의 철학』霊性の哲学 등이 있다.

책이라는 선물
: 책을 만들고 팔고 알리는 사람들이 읽는 사람에게

2021년 5월 14일   초판 1쇄 발행

지은이   **옮긴이**
나카오카 유스케, 시마다 준이치로, 야하기 다몬,   김단비
무타 사토코, 후지와라 다카미치, 가사이 루미코,
가와히토 야스유키, 하시모토 료지, 구레 료타,
미타 슈헤이, 와카마쓰 에이스케

펴낸이   **펴낸곳**   **등록**
조성웅   도서출판 유유   제406-2010-000032호 (2010년 4월 2일)

                        주소
                        서울시 마포구 동교로15길 30, 3층 (우편번호 04003)

전화   **팩스**   **홈페이지**   **전자우편**
02-3144-6869   0303-3444-4645   uupress.co.kr   uupress@gmail.com

                        페이스북   **트위터**   **인스타그램**
                        facebook.com   twitter.com   instagram.com
                        /uupress   /uu_press   /uupress

편집   **디자인**   **마케팅**
김은우, 김은경   이기준   송세영

제작   **인쇄**   **제책**   **물류**
제이오   (주)민언프린텍   (주)정문바인텍   책과일터

ISBN 979-11-89683-89-4 03830